苍凉深处等春来

林清玄 著
LinQingXuan

北京联合出版公司
Beijing United Publishing Co.,Ltd.

色与空的追寻

在衣柜里找到一件蓝衫子，被那亮眼的蓝闪了眼睛。

这件久远之前的蓝衫，因为放在柜子的底层，竟然被我遗忘了二十年。二十年过去，它的蓝非但丝毫没有退失，仿佛比新购的还要蓝，蓝之又蓝。

岁月已经轮转又轮转，人生也一变再变，那蓝衫因为被遗忘，躺在风月不到之处，仍然维持了最初的样子。

那是在美浓的"锦兴蓝衫"购得的。

二十年前，我和妻子淳珍返乡，带着刚出生的小儿子亮语。听乡人说美浓锦兴蓝衫的老师傅已经七十几岁了，不知道还能做多少件蓝衫！

我和淳珍随即开车到美浓，找到那已经开了半世纪的老店，找到白发苍苍的老师傅。

量了身、打了版，我订了一件，淳珍订了三件蓝衫。当时的蓝衫已迹近失传，几乎无人订做，一星期就做好了。

试穿的时候，令我们惊喜不已，老师傅的手艺非凡，还是立体剪裁，不只合身，穿起来非常优雅，仿佛走入时光隧道。

那时淳珍青春正盛，气韵动人，在蓝衫的衬托下，更显典雅端丽。使我想起记忆中一些美丽的风情。

是天空的，也是海洋的

我童年的时候，高雄屏东一带的六堆地区，住的多是客家人。

当地的女子不知道为什么都穿蓝衫，配上黑色的裤子。客家妇女特别勤快，不只要照顾家里，还要下田耕作。

田中的蓝衫，成为美丽的印记。

有时候，我徒步漫行过客家庄，看到许多身着蓝衫的女子，正在绿色水田里耕作。静谧的蓝天下，微风波动的绿色稻苗，在墨绿的月光山衬托下，又安静，又神秘，真是美极了。

蓝衫的蓝，不只是天空的，也是海洋的，在静极之处，有一种汹涌，在贫瘠之地，如海浪一波一波地追逐生活更好的可能。全年都穿蓝衫的客家妇女，不需要生命更多的华彩，因为她们已拥有大地与天空。

蓝蝶飞空，白鹭立雪

我对蓝衫的喜爱不只来自田间。

小学的时候，有一个女老师来自南京，喜欢穿阴丹士林的蓝旗袍。

夏天的时候，她穿着半袖的蓝旗袍。

冬天的时候，她的旗袍外罩了一件大褂，是深蓝色的，还围着一条红色的围巾。

女老师对我来说，不只是气质的化身，更启动了美的开关，在贫穷偏乡的小学生，因此而有了天空的广大向往。

蒂芬尼的蓝、威治伍德的蓝、保时捷的蓝，后来都令我感动，但最使我感动的，是来自老师那最初的蓝。

有如一群蓝蝴蝶飞向天空，与整个天空融在一起。"蓝蝶飞空"与"白鹭立雪"一样，蓝是无边的，雪也是无边的。

我虽不能拥有天空，但我要飞向天空。

花朵皆可衣，草木皆可食

童年时代，蓝色引爆了我对蓝的感动，也启蒙了我对美的向往。

我不只喜欢蓝色，我也爱褐色与灰色。

褐色与灰色是出家人的颜色。

我的故乡旗山，离大树乡的佛光山很近。我一有空，就往寺院里跑。很小的时候，自然皈依了佛教。

出家人上早晚课时，总穿着褐色的袍子。出坡作务则穿着灰色的唐装。不论褐色或灰色，总让我感觉到谦卑、内敛、含蓄、单纯、简朴……

后来，才知道，褐色与灰色叫"粪扫衣"，是佛陀时代希望弟子能舍弃欲望的追求，"粪扫皆可衣，草木皆可食"留下的传统。纵使衣着如粪如扫，也能无愧于心，努力修行。

我喜欢褐与灰，虽然无缘出家，却心向往之。知道从最简朴到最高境界，是可以直达的路。

身着白衣，心有锦缎

我还喜欢白色。

相传佛有四众弟子，比丘、比丘尼、优婆塞、优婆夷。比丘与比丘尼当然是着"粪扫衣"，优婆塞是男居士，优婆夷是女居士，居士无分男女，均着白衣。

在佛陀时代，身穿白衣是不容易的，白衣有尊贵的意思，因为要维持全身白衣，生活必须要有余裕、有空间、有从容的态度。

我曾在山上闭关好几年，每天都穿白衣，有人以为我天天穿同一套衣服，其实是，我订做了六套一样的白衣，每天穿一套，一周才洗一次。

白使我感觉纯净、平和、从容，"身着白衣，心有锦缎"，白也使我淡然、无求，生命若能纯白无瑕，又有什么过不去的呢？

正如佛经里的故事，一个穿白衣的修行人，常在莲花池畔静坐，有一天黄昏，他结束静坐，看见一朵白莲花，非常非常美，他忍不住采了一朵，想带回家欣赏。

这时，莲花池神突然现身，斥责他："你是修行的人，怎么可以随便偷折莲花呢？"

他感到很诧异，说："昨天一个商人，把池中大部分莲花折取一空，把莲花池弄得乱七八糟，你并没有现身斥责他，我是因为美才采了一朵莲花，你却严厉指责我，不是很不公平吗？"

莲花池神说："他是不修行的人，就像全身穿着黑衣，再怎么污染也看不出来；你是修行者，犹如白衣，只要一点小污点，就很明显，并且难以清洗了！"

是呀！身着白衣，使我们的行为举止小心翼翼，甚至常让我们内观自己的心，要不负那种纯净！

空中自有无限的层次

我偏爱蓝、褐、灰、白，常感觉这里面有神秘的因缘。

因缘不只表现在颜色的追寻，更是表现在一切的形与象。

色不异空，空不异色；

色即是空，空即是色；

受想行识，亦复如是。

《心经》上这样说，所有的色相、感受、念想、行为、见解，都是因缘所聚合的，因缘生、住、异、灭，最终归于空无，因此，人间万相，不可住留，也无法掌握，更无需留恋呀！

"空"并不是"无"，也不是"没有"，若以天空作比，空中自有无限的层次，有白云、乌云，有晨曦、晚霞，有彩虹、夜雾，有日有月……

每天的天空都不同，但每天的天空都将恢复为空，生活亦复如是！

若对生活无感，则日复一日，年华终将老去；若能深深地感知，在色与空的追寻之间，就能生起智慧。前人留下的艺术，音乐、绘画、文学、戏剧，乃至一切的创作，不都是这样吗？

万里江山酒一杯

不信青春唤不回，不容青史尽成灰；

低徊海上成功宴，万里江山酒一杯。

我喜欢于右任的这首小诗，虽然不信不容，但是，青春，终究是唤不回了；青史，最后也成灰了，在漂流的生命之海，回头一望，万里江山只剩下一杯酒，化成点点的相思泪。

色与空的追寻，正是文学的追寻，因缘的聚散，人生的离合，回头观之，既是偶然，也是必然。

岁月已随风而逝，创作的心，依然迎风而立，振衣于千仞之岗，长啸于万海之滨，我仿佛还是那身穿蓝衫的最初的少年。

林清玄

2016 年秋末

台北双溪清淳斋

目
contents
录

第二辑

一切风景皆心景

第三辑

尽心当下，即是完美

目
contents
录

第四辑

人生有梦当不惑

每天

有一些正向的时光

便有好心情走向明天

时时有正向的时刻

生命便无限美好

日日是好日

处处莲花开

第一辑

时光知味

岁月沉香

正向时刻

红心番薯

生活中美好的鱼

过　火

无风絮自飞

在飞机的航道上

被失败的苹果击中

把烦恼写在沙滩上

人在江湖

习　气

独乐与独醒

狗的享受

路过家附近的一家银行，发现门口或坐、或趴着五条狗，这五条狗原来是在市场附近的野狗，我认识的，它们本来各占据一处，怎么会同时一起坐在银行前面呢？银行对狗的价值应该还不如路边的面摊，为什么狗不去蹲面摊而要来银行呢？我感到十分好奇。

更使我好奇的是，这五条狗的脸上都流露出非常满足的神情。于是我站在那里研究狗为什么会这么满足？为什么整条街都不去，偏偏聚在银行的门口？

十分钟以后，我找到答案了，因为银行的冷气开得很强，又是自动门，进出者众，每每有人出入，里面的冷气就会一阵阵地倾泻而出。

那些狗是聚在银行门口享受冷气呢!

七月,中午,在台北,有冷气真享受,连狗也知道。

台北秘籍

与朋友去信义路和基隆路口新开的诚品书店看书,无意间发现一张《台北书店地图》。

地图以浅咖啡色做底,仿佛一页撕下来的线装书页,非常淡雅,一张一百元。

看到这张地图,我真是开心极了,台北有这么多的书店,台北还是很可爱的。

想到不久前在欧克斯家具店找到的《台北东区市街图》,我想,或者可以出版一本书,书里全是分门别类的地图,例如《咖啡店地图》、《书廊地图》、《名牌服饰地图》、《茶艺馆地图》、《花店地图》、《古董店地图》、《餐厅地图》,等等。

对了,或者可以有一张《特殊商店地图》。例如后火车站有一家很大的"线庄",历史悠久,只卖各色针线的;基隆路有一家"大蒜专卖店",只卖各种大蒜的制品;统领百货巷内有一家只卖天然茶的店,好像叫"小熊森林";松山有一家只卖普洱茶叶的"普洱茶专卖店"……

这些地图可以让我们看出台北的好。

是不是邀请许多艺术家，每一位为台北绘一张这样的地图，让初到台北的人也知道，台北有许多特色，是不逊于欧洲的。

这样一本地图，书名可以叫作"台北秘籍"，副题是"专供初到台北的武林人物在午后秘密修炼"。

呀！想了就很开心。

坐火车的莲花

逛完书店，散步回家，惊见家门口有一株玫瑰和四朵宝蓝色莲花，靠在门上，站立着。

花里夹着一张便条。

原来是一位住在中坜的朋友送的。他从中坜火车站搭车要到基隆去看女朋友，看到花店，想买一朵玫瑰花送给女朋友。进了花店，看到四朵宝蓝色莲花，他便联想到我，觉得顺路到松山，先把莲花送我，再到基隆送玫瑰花给女友，行程就很完美了。

他在松山下车，步行到我家，原本要放了花就走，但大厦管理员对他说："林先生有黄昏散步的习惯，又穿拖鞋、短裤，很快会回来的。"

结果我去逛书店，他在门口枯等许久，一直到天黑才离去。

至于那朵要送女朋友的玫瑰，算算时间，去基隆太晚了，于是就"附赠女友的玫瑰一朵"，人就回中坜去了。

朋友留下的那封短笺，里面有格言似的留语："在这个世间，只要不会伤害别人的事，想做什么，就立刻去做吧。"

我把莲花和玫瑰插在花瓶里，心想，有些朋友真像花园中的花突然绽放，时常令人惊喜，下次也要想个什么方法，让他惊喜一下，或者两三下。

条纹玛瑙

暑假到了，在国外的朋友纷纷回来过暑假。

一个朋友从美国马里兰回来，特地来看我，送一个沉重的东西给我，说："送你一块石头，不成敬意。"

打开，是一块条纹玛瑙，大如垒球，有一公斤重，上半部纯红，下半部红、黄、白、绿条纹相间，真的是美极了。

"真是谢谢你！"我诚挚地说，企图掩藏心里的狂喜。朋友是脑膜的人，我担心没有掩饰的惊喜会吓到他，所以就刻意淡化了内心的欢喜。

朋友走了，我在书房里抱着那块条纹玛瑙，高呼万岁，不是为了它的昂贵，而是为了它的美，还有超越时空的友谊。

埔里荔枝

在埔里等候"国光"号的车北上时，尚有二十分钟，我就在车站附近逛逛。

我看到一家水果行，想到埔里的特产是荔枝和甘蔗，便买了一株甘蔗、十斤荔枝，真不敢相信甘蔗和荔枝都是一斤二十五元，几天前在台北买荔枝，一斤六十元。

"国光"号上，先吃了荔枝，是子细肉肥的品种，鲜美极了。

然后吃甘蔗，脆嫩清甜，名不虚传，果然是埔里甘蔗。

回到台北，齿颊仍留着香气，四小时的车程，仿佛只是刹那。

处处莲花开

生命里有许多正向时刻，也有许多负向时刻，一个人快乐的秘诀，便是抓住正向的时刻，使它更充盈；转化负向的时刻，使它得到清洗。

有人对我们深深地微笑；乡间道上的油麻菜开花了；炎热的夏天午后突来了阵雨和凉风；一双凤蝶突然飞过窗边；在公园里偶然看到远天的彩虹；读一本好书、听一段动听的音乐……

每天，有一些正向的时光，便有好心情走向明天；时时有正向的时刻，生命便无限美好。日日是好日，处处莲花开。

看我吃完两个红心番薯，父亲才放心地起身离去，走的时候还落寞地说："为什么不找个有土地的房子呢？"

这次父亲北来，是因为家里的红心番薯收成，特地背了一袋给我，还挑选几个格外好的，希望我种在庭前的院子。他万万没有想到，我早已从郊外的平房搬到城中的大厦，根本是容不下绿色的地方，甚至长不出一株狗尾草，不要说番薯了。

到车站接了父亲回到家里，我无法形容父亲的表情有多么近乎无望。他在屋内转了三圈，才放下提着的麻袋，愤愤地说："伊娘咧！你竟住在无土的所在！"一个人住在脚踏不到泥土的地方，父亲竟不能忍受，也是我看到他的表情才知道的。然后他的愤愤转成喃喃："你住在这种上不着天下不着地的所在，我带来的番薯要种在哪里？要种在哪里？"

　　父亲对番薯的感情，也是这两年我才深切知道的。

　　那是有一次我站在旧家前，看着河堤延伸过来的菅芒花，在微凉秋风中摇动着，那些遍地蔓生的菅芒长得有一人高，我看到较近的菅芒摇动得特别厉害，凝神注视，才突然看到父亲走在那一片菅芒里，我大吃一惊。原来父亲的头发和秋天灰白的菅芒花是同一个颜色，他在遍生菅芒的野地里走了几百公尺，我竟未能看见。

　　那时我站在家前的番薯田里，父亲来到我的面前，微笑地问："在看番薯吗？你看长得像羊头一样大了哩！"说着，他蹲下来很细心地拨开泥土，捧出一个精壮圆实的番薯来，以一种赞叹的神情注视着番薯。我带着未能在菅芒花中看见父亲身影的愧疚心情，与他面对面蹲着。父亲突然像儿童天真欢愉地叹了一口气，很自得地说："你看，恐怕没有人番薯种得比我好了。"然后他小心翼翼把那个番薯埋入土中，动作像在收藏一件艺术品，神情庄重而带着收获的欢愉。

　　父亲的神情使我想起幼年有关番薯的一些记忆。有一次我和几个外省的小孩子吵架，他们骂："番薯呀！番薯！"我们就回骂："老芋呀！老芋！"

　　对这两个名词我是疑惑的，回家询问了父亲。那天他喝了几杯老酒，神情至为愉快，他打开一张老旧的地图，指着台湾说："台湾的样子真是像极了红心的番薯，你们是这番薯的子弟呀！"而无知的我便指着北方广大的大陆说："那，这大陆的形状就是一个大芋头了，所以外省人是芋仔的子弟？"父亲大笑起来，抚着我的头说："憨团仔，我们也是唐山来的，只是来得比较早而已。"

然后他用笔从我们遥远的北方故乡有力地画下来，牵连到我们所居的台湾南部。我第一次认识到，芋头与番薯原来是极其相似的植物，并不是我们想象中那么判然有别的；也第一次知道，原来在东北会落雪的故乡，也遍生着红心的番薯！

我更早的记忆，是从我会吃饭开始的。家里每次收成番薯，总是保留一部分填置在木板的眠床底下。我们每餐饭中一定煮了三分之一的番薯，早晨的稀饭里也放了番薯签，有时吃腻了，我就抱怨起来。

听完我的抱怨，父亲就激动地说起他少年的往事。他们那时为了躲警报，常常在防空壕里一窝就是一整天。所以祖母每每把番薯煮好放着，一旦警报声响，父亲的几个兄弟姊妹就每人抱两三个番薯直奔防空壕，一边啃番薯，一边听飞机和炮弹在四处交响。他的结论常常是："那时候有番薯吃，已经是天大的幸福了。"他一说完这个故事，我们只好默然地把番薯扒到嘴里去。

父亲的番薯训诫并不是寻常都如此严肃，偶尔也会说起战前在日本人的小学堂中放屁的事。由于吃多了番薯，屁有时是忍耐不住的，当时吃番薯又是一般家庭所不能免，父亲形容说："因此一进了教室往往是战云密布，不时传来屁声。"而他说放屁是会传染的，常常一呼百诺，万众皆响。有一回屁放得太厉害，全班被日本老师罚跪在窗前，即使跪着，屁声仍然不断。父亲顽笑地说："经过跪的姿势，屁声好像更响了。"他说这些的时候，我们通常就吃番薯吃得比较甘心，放起屁来也不以为忤了。

然后是一阵战乱，父亲到南洋打了几年仗，在丛林之中，时常从睡梦中把他唤醒，时常让他在思乡时候落泪的，不是别的珍宝，只是普普通通的红心番薯。它烤炙过的香味，穿过数年的烽火，在万金家书也不能抵达的南洋，温暖了一位年轻战士的心，并呼唤他平安地回到家乡。他有时想到番薯的香味，一张像极番薯形状的台湾地图就清楚浮现，思绪接着往南方移动，再来的图像便是温暖的家园，还有宽广无边结满黄金稻穗的大平原……

战后返回家乡，父亲的第一件事便是在家前家后种满了番薯，日后遂成为我们家的传统。家前种的是白瓢番薯，粗大壮实，一个可以长到十斤以上；屋后一小片园地是红心番薯，一串一串的果实，细小而甜美。白瓢番薯是为了预防战争逃难而准备的，红心番薯则是父亲南洋梦里的乡思。

每年父亲从南洋归来的纪念日，夜里的一餐我们通常不吃饭，只吃红心番薯，听着父亲诉说战争的种种，那是我农夫父亲的忧患意识。他总是记得饥饿的年代，番薯是可以饱腹的，如今回想起来，一家人围着小灯食薯，那种景况我在凡·高的名画《食薯者》中几乎看见。在沉默中，是庄严而肃穆的。

在这个近百年来中国最富裕的此时此地，父亲的忧患想来恍若一个神话。大部分人永远不知有枪声，只有极少数经过战争的人，在他们的心底有一段番薯的岁月，那岁月里永远有枪声时起时落。

由于有那样的童年，日后我在各地旅行的时候，便格外留心番薯的踪迹。我发现在我们所居的这张番薯形状的地图上，从最北角到最南端，从山坡上千脊的石头地到河岸边肥沃的沙埔，番薯都能够坚强地、不经由任何肥料与农药而向四方生长，并结出丰硕的果实。

有一次，我在澎湖人迹已经迁徙的无人岛上，看到人所耕种的植物全被野草吞灭了，只有遍生的番薯还和野草争着方寸，在无情的海风烈日下开出一片淡红的晨曦颜色的花，而且在最深的土里，各自紧紧握着拳头。那时我知道在人所种植的作物之中，番薯是最强悍的。

这样想着，幼年家前家后的番薯花突然在脑内闪现，番薯花的形状和颜色都像牵牛花，唯一不同的是，牵牛花不论在篱笆上，在阴湿的沟边，都是抬头挺胸，仿佛要探知人世的风景；番薯花则通常是卑微地依着土地，好像在嗅着泥土的芳香。在夕阳将下之际，牵牛花开始萎落，而那时的番薯花却开得正美，淡红夕云一样的色泽，染满了整片土地。

正如父亲常说，世界上没有一种植物比得上番薯，它从头到脚都有用，连花也是美的。现在台北最干净的菜场也卖有番薯叶子的青菜，价钱还颇不便宜。有谁想到这在乡间最卑贱的菜，是逃难的时候才吃的？

在我居住的地方，巷口本来有一位卖糖番薯的老人，一个滚圆的大铁锅，挂满了糖渍过的番薯，开锅的时候，一缕扑鼻的香味由四面扬散出来。那些番薯是去皮的，长得很细小，却总像记录着什么心底的珍藏。有时我向老人买一个番薯，散步回来时一边吃着，那蜜一样的滋味进了腹中，却有一点儿酸苦，因为老人的脸总使我想起在烽烟中奔走过的风霜。

老人是离乱中幸存的老兵，家乡在山东偏远的小县份。有一回我们为了地瓜问题争辩起来，老人坚持台湾的红心番薯如何也比不上他家乡的红瓤地瓜，他的理由是："台湾多雨水，地瓜哪有俺家乡的甜？俺家乡的地瓜真是甜得像蜜的！"老人说话的神情好像当时他已回到家乡，站在地瓜田里。看着他的神情，使我想起父亲和他的南洋，他在烽火中的梦，我真正知道，番薯虽然卑微，它却连接着乡愁的土地，永远在乡思的天地吐露新芽。

父亲种的番薯收成后送了一大袋给我，放了许久，我突然想起巷口卖糖番薯的老人，便提去巷口送他，没想到老人因少有人吃地瓜而改行卖牛肉面了。我说："你为什么不卖地瓜呢？"老人愕然地说："唉！这年头，人连米饭都不肯吃了，谁来买俺的地瓜呢？"我无奈地提番薯回家，把袋子丢在地上，一个番薯从袋口跳出来，破了，露出其中的鲜红血肉。这些无知的番薯，为何经过三十年，心还是红的！

不肯改一点颜色？

老人和父亲生长在不同背景的同一个年代，他们在颠沛流离的大时代里，只是渺小而微不足道的人，可能只有那破了皮的红心番薯才能记录他们心里的颜色；那颜色如清晨的番薯花，在晨曦掩映的云彩中，曾经欣欣茂盛过，曾经以卑微的累累球根互相拥抱、互相温暖。他们之所以能卑微地活过人世的烽火，是因为在心底的深处有着故乡的骄傲。

站在阳台上，我看到父亲去年给我的红心番薯，我任意种在花盆中，放在阳台的花架上，如今，它的绿叶已经长到磨石子地上，甚至有的伸出阳台的栏杆，仿佛在找寻什么。每一从红心番薯的小叶子都长出根的触须，在石地板久了，有点萎缩而干枯了。那小小的红心番薯竟是在找寻它熟悉的土地吧！因为土地，我想起父亲在田中耕种的背影，那背影的远处，是他从菅芒花丛中远远走来，到很近的地方，花白的发，冒出了菅芒。为什么番薯的心还红着，父亲的发竟白了。

我十岁时，父亲首次带我到都市来，行经一片工地，父亲在堆置的砖块缝中，一眼就辨认出几片番薯叶子。我们循着叶子的茎络，终于找到一株几乎被完全掩埋的根，父亲说："你看看这番薯，根上只要有土，它就可以长出来。"如今我细想起来，那一株被埋在建筑工地的番薯，是有着逃难的身世，由于它的脚在泥土上，苦难也无法掩埋它。比起我种在高楼阳台的花盆中的番薯，它有着另外的命运和不同的幸福，就像我们远离了百年的战乱，住在看起来隐秘而安全的大楼里，却有了失去泥土的悲哀——伊娘咧！你竟住在无土的所在。

星空夜静，我站在阳台上仔细端凝盆中的红心番薯，发现它吸收了夜的露水，在细瘦的叶片上，片片冒出了水珠，每一片叶都沉默地小心地呼吸着。那时，我几乎听到了一个有泥土的大时代，上一代人的狂歌与低吟都埋在那小小的花盆，只有静夜的敏感才能听见。

这些无知的番薯
为何经过三十年
心还是红的
不肯改一点颜色

生活中美好的鱼

在金门的古董店里，我买到了一个精美的大铜环和一些朴素的陶制的坠子。

这是我从未见过的东西，使我感到疑惑。

古董店的老板告诉我，那是从前渔民网鱼的用具，陶制的坠子一粒一粒绑在渔网底部，以便下网的时候，渔网可以迅速垂入海中。

大铜环则是网眼，就像衣服的领子一样，只要抓住铜环提起来，整个渔网就提起来了，一条鱼也跑不掉。

夜里我住在梧江招待所，听见庭院里饱满的松果落下来的声音，就走到院子里去捡松果。秋天的金门，夜凉如水，空气清凉有薄荷的味道，星星月亮一如水晶，我突然想起韦应物的一首诗《秋夜寄邱员外》：

怀君属秋夜，散步咏凉天。

空山松子落，幽人应未眠。

想到诗人在秋天的夜晚，散步于薄荷一样凉的院子里，听见空山里松子落下的声音，想到那幽静的人应该与我一样在夜色中散步，还没有睡着吧！忽然感觉韦应物的这首诗不是寄给邱员外，而是飞过千里、穿越时间，寄来给我的吧！

回到房中，我把拾来的松果放在那铜环与陶坠旁边，觉得诗人的心与我的心十分接近。诗人、文学家、艺术家，乃至一切美的创造者，正是心里有铜环和陶坠的人。在茫茫的生命大海中，心灵的鱼在其中游来游去，一般人由于水深海阔看不见美好的鱼，或者由于粗心轻忽，鱼就游走了。

有美好心灵、细腻生活的人，则是把陶坠深深沉入海中，由于铜环在手，波浪的涌动和鱼的游动都能了然于胸，垂丝千尺，意在深潭，捕捉到那飘忽不定的思想的鱼、观点的鱼。

作为平凡人的喜乐，就是每天在平淡的生活里找到一些智慧的鱼，时时在凡俗的日子里捞起一些美好的鱼。

让那些充满欲望与企图的人，倾其一生去追求伟大与成功吧！

让我们擦亮生命的铜环和生活的陶坠，每天有一点儿甜美、一点儿幸福的感情，就很好了。

夜里散散步，捡拾落下的松果，思念远方的朋友，回想生命的种种美好经验，这平淡无奇的生活，自有一种清明、深刻和远大呀！

过　火

　　是冬天刚刚走过，春风蹑足敲门的时节，天空像晨荷的巨大叶片上那浑圆的露珠，晶莹而明亮，台风草和野姜花一路上微笑着向我们打招呼。

　　妈妈一早就把我唤醒了，我们要去赶一场盛会。在这次妈祖的生日盛会里有一场"过火"的盛典，早在几天前我们就开始斋戒沐浴，妈妈常两手抚着我瘦弱的肩膀，幽幽地对爸爸说："妈祖生日要带他去过火。"

　　"火是一定要过的。"爸爸坚决地说。他把锄头靠在门侧，挂起了斗笠，长长叹一口气，然后我们没有再说什么话，围聚起来吃着简单的晚餐。

　　从小，我就是个瘦小而忧郁的孩子，每天跋山涉水并没有使我的身体勇健，父母亲长期垦荒拓土的恒毅坚韧也丝毫没有遗传给我。

爸爸曾经为我做过种种努力，他一度希望我成为好猎人，每天叫我背着水壶跟他去打猎，我却常在见到山猪和野猴时吓得大哭失声，使得爸爸几度失去他的猎物，然后就撑着双管猎枪紧紧搂抱着我，他的泪水濡湿我的肩胛，喃喃地说："怎么会这样，怎么会生出这样的孩子……"

他又寄望我成为一个农夫，常携我到山里工作。我总是在烈日烧烤下昏倒在正需要开垦的田地里，也时常被草丛中窜出的毒蛇吓得屁滚尿流。爸爸不得不放下锄头跑过来照顾我，醒来的那一刻我总是听到爸爸长长而悲伤的叹息。

我也天天暗下决心要做一个男子汉。慢慢地，我变得硬朗了，爸妈也露出欣慰的笑容，可是他们的努力和我的努力一起崩溃了，在我孪生的弟弟七岁那年死的时候。

眼见到和自己一模一样的弟弟死去，我竟也像死去了一半，失去了生存的勇气。我变成一个失魄的孩子，每天眉头深结，形销骨立，所有的医生都看遍了，所有的补药都吃尽了，换来的仍是叹息和眼泪。

然后爸爸妈妈想到了神明，想到神明好像一切希望都来了。神明也没有医好我，他们又祈求十年一次的大过火仪式，可以让他们命在旦夕的儿子找到一闪生命的火光。

我强烈地惦怀着弟弟，他清俊的脸容常在暗夜的油灯中清晰起来，他的脸是刀凿般深刻，连唇都有血一样的色泽。我们曾脐带相连地度过了许多快乐和凄苦的岁月。我念着他，不仅因为他是我的兄弟，也是因为我们曾在生命血肉的最根源处紧紧纠结。

弟弟的样貌和我一模一样，个性却很不同。弟弟强韧、坚毅而果决，我是忧郁、畏缩而软弱。如果说爸爸妈妈是一间使我们温暖的屋宇，弟弟和我便是攀爬而上的两种植物——弟弟是充满霸气的万年青，我则是脆弱易折的牵牛。两者虽然交缠分不出面目，却是截然不同的——万年青永远盎然充满炽盛的绿意，牵牛则常开满忧郁的小花。

刚上一年级，弟弟在上学的途中常常负我涉水过河。当他在急湍的河水中苦涉时，我只能仰头看白云缓缓掠过。放学回家，我们要养鸡鸭，还要去割牧草，弟弟总是抢着做，把割来的牧草与我对分，免得回家受到爸妈责备的目光。

弟弟也常为我的懦弱感到吃惊，每次他在学校里打架输了，总要咬牙恨恨地望我。有一回，他和班上的同学打架，我只能缩在墙角怔怔地看着，最后弟弟打输了，坐跌在地上，嘴角淌着细细的血丝，无限哀怨地凝睇着他无用的哥哥。

我撑着去找他，弟弟一把推开我，狂奔出教室。

那时已是深秋了，相思树的叶子黄了，灰白的野芒草在秋风中杂乱地飞舞，弟弟拼命奔跑，像一只中枪惊惶而狂怒的白鼻心，要借着狂跑吐尽心中的最后一口气。

"宏弟，宏弟。"我扯开喉咙叫喊。

弟弟一口气奔到黑肚大溪，终于力尽了颓坐下来，缓缓地躺卧在溪旁，我的心凹凸如溪畔团团圈住弟弟的乱石。

风，吹得很急。

等我气喘吁吁地赶到，看见弟弟脸上已爬满了泪水，一张脸湿乎乎的，嘴边还凝结着褐暗色的血丝，脸上的肌肉紧紧地抽着，像是我们农田里用久了的帮浦。

我坐着，弟弟躺卧着，夕阳斜着，把我们的影子投照在急速流去的溪中。

弟弟轻轻抽泣了很久，抬头望着白云万叠的天空，低哑着声音问："哥，如果我快被打死了，你会不会帮助我？"

之后，我们便紧紧相拥放声痛哭，哭得天都黄昏了，听见溪水潺潺，才一言不发地走回家。

那是我和弟弟最后的一个秋天，第二年他便走了。

爸爸牵我左手，妈妈执我右手，在金光万道的晨曦中，我们终于出发了。一路上，远山巅顶的云彩千变万化，我们对着阳光的方向走去，爸爸雄伟的体躯和妈妈细碎的步子伴随着我。

从山上到市镇要走两小时的山路，要翻过一座山，涉过几条溪水。因为天早，一路上雀鸟都被我们的步声惊飞，偶尔还能看见刺竹林里松鼠忙碌地跳跃。我们没有说什么话，只是无声默默前行，一直走到黑肚大溪。

爸爸背负我涉到水的对岸，突然站定，回头怅望迅疾地流去的溪水，隔了一会儿说："弟弟已经死了，不要再想他。"

"爸爸今天带你去过火，就像刚刚我们走水过来一样，你只要走过火堆，一切都会好转。"

爸爸看到我茫然的眼神，勉强微笑说："只不过是一个小小的火堆罢了。"

我们又开始赶路，我侧脸望着母亲手挽花布包袱的样子，她的眼睛里一片绿，映照出我们十几年垦拓出来的大地，两个眼睛水盈盈的。

我走得慢极了，心里只惦想着家里养的两只蓝雀仔，爸爸索性把我负在背上，愈走愈快，甚至把妈妈丢在远远的后头了。

穿过相思树林的时候，我看到远方小路尽头处有一片花花的阳光。

一个火堆突然莫名地闪过我的脑际。

抵达小镇的时候，广场上已经聚集了黑压压的人头。这是小镇十年一次的做醮，沸腾的人声与笑语"嗡嗡"地响动着。我从架满肥猪的长列里走过，猪头张满了蹦起的线条，猪口里含着新鲜的金橙色的橘子，被剖开肚子的猪崽们竟微笑着一般，怔怔地望着溢满欣喜的人群。

广场的左侧被清出一块光洁的空地，人们已经围聚在一起，看着空地上正猛烈燃烧的薪材，爸爸告诉我那些木材至少有四千斤。火舌高扬冲上了湛蓝的天空，在"毕毕剥剥"的薪柴的裂声中，我仿佛听见人们心里狂热的呼喊，人人的脸蛋都烘成了暖滋滋的红色。两个穿着整齐衣着的人手拿丈长的竹竿正挑着火堆，挑一下，飞扬起一阵烟灰，火舌马上又追了上来。

一股刚猛的热气扑到我脸上，像要把我吞噬了。妈妈拉我到怀中，说："不要太靠近，会烫到。"正在这时，广场对角的戏台"咚咚锵锵"地响起了锣鼓，扮仙开始，好戏就要开锣了。

咚咚锵锵，咚咚锵……

火慢慢小了，剩下来的是一堆红通通的火炭，裂成大大小小一块块的，堆成一座火热的炭山。我想起爸爸要我走火堆，看热闹的心情好像一下子被水浇灭了。

"司公来了！司公来了！"人群里响起一阵呼喊。

壅塞的人群眼睛全望向相同的方向，一个身穿黑色道袍头戴黑色道帽的人走来，深浓的黑袍上罩着一件猩红色的绸缎披肩，黑帽上还有一枚鲜红色的帽粒。

人群让开一条路，那个又高又瘦的红头道士踏着八卦步一摇一摆地走进来，脸上像一张毫无表情的画像。

人们安静下来了。

我却为这霎时的静默与远处噪闹的锣鼓而微微颤抖。

红头道士做法事的另一边，一个赤裸上身的人正颤颤地发抖，颤动的狂热使人群的焦点又转向他。爸爸牵我依过去，他说那是神的化身，叫作童乩。

童乩吐着哇哇不清的话语，他的身侧有一个金炉和一张桌子，桌上有笔墨和金纸。他摇得太快，使我的眼睛花乱了，他提起笔在金纸上乱画一通，有圈、有钩、有横，我看不出那是什么。爸爸领了一张，装在我的口袋里，说可以保佑我过火平安，平安装在我的口袋里便可以安心去过火了。

呜——呜——呜！呜！

远远望去，红头道士正在木炭堆边念咒语，烟雾使他成为一个诡异的立体，他左手持着牛角号，吹出了低沉而令人惊撼的声音，右手拿一条蛇头软鞭用力抽打在地上，发出"啪啪"的响声。鞭声夹着号角声，人人都被震慑住了。

爸爸说，那是用来驱赶邪鬼的。

后来，道士又拿来一个装了清水的碗和盛满盐巴的篮子。他含了一口水，"噗"一声喷在炭上。

嗤——

一阵水烟蒸腾起来。他口中喃喃着，然后把一篮盐巴遍撒在火堆上。三乘小轿在火堆旁绕圈子，有人拿长竹竿把火堆铺成一丈长、四尺宽的火毡，几个精壮的汉子用力拨开人群，口里高呼着："请闪开，过火就要开始了。"

三乘小轿越转越快，转得像飞轮一样。

妈妈紧紧抱我在怀中。

三乘小轿的轿夫齐声呼喝，便顺序跃上火毡。"嗤"一声，我的心一阵紧缩，他们跨着大步很快从火毡上跑过去，着地的那一刻，所有人都从梦般的静默里惊呼起来，一些好事的人跑过去看他们的脚。这时，轿夫笑了。

"火神来过了，火神来过了。"许多人忍不住狂呼跳叫。

红头道士依然在火堆旁念着神秘的像响自远天深处的不可知的咒语。

过火的乡人们都穿着一式的汗衫和短裤，露出黑而多毛的腿，一排排的腿竟像冒着白烟，蒸腾着生命的热气。

那些腿都是落过田水的，都是在炙毒的阳光和阴诈的血蛭中慢慢长成的，生活的熬炼就如火炭一般铸着他们——他们那样兴奋，竟有一点儿去赶市集一样。人人面对炭火总是有些惊惶，可是老天有眼，他们相信这一双肉腿是可以过火的。

十二月天，冷酸酸的田水，和春天火炙炙的炭火并没有不同，一个是生活的历练，一个是生命的经验，都只不过是农人与天运搏斗的一个节目。

轿子，一乘乘地采取同样的步姿，炫耀似的走过火堆。

爸爸妈妈紧紧牵着我，每当"嗤"的声音响起，我的心就像被铁爪抓紧一般，不能动弹。

司锣的人一阵紧过一阵地敲响锣鼓，轿夫一次又一次将他们赤裸的脚踝埋入红艳艳的火毡中。

随着乱蹦乱跳的锣鼓与脚踝，我的心也变得仓皇异常，想到自己要迈入火堆，像是陷进一个恐怖的海上噩梦，抓不到一块可以依归的浮木。

一张张红得诡谲的玄妙的脸闪到我的眼睫来。

我抓紧爸妈微微渗汗的手，思及弟弟在天地的风景中永远消失的一幕。他的脸像被火烤焦的紫红色，头一偏，便魔吃也似的去了，床侧焚烧的冥纸耀动鬼影般的火光。

在火光的交叠中，我看到领过符的乡民一一迈步跨入火堆。

有的步履沉重，有的矫捷，还有仓皇跑过的。

我看到一位老人背负着婴儿走进火堆，他青筋突起的腿脚毫不迟疑地理进火中，使我想起庙顶上红绿交揉的庄严画像。爸爸告诉我，那是他重病的小儿子，神明用火来医治他。

咚咚锵锵，咚咚锵！

远处的戏锣和近处的锣鼓声竟交缠不清了。

"阿玄，轮到你了。"妈妈用很细的声音说。

"我……我怕。"

"不要怕，火神来过了，不要怕。"

爸妈推着我就要往火堆上送。

我抬头望望他们，央求地说："爸，妈，你们和我一起走。"

"不行。只有你领了符。"爸爸正色道。

锣声响着。

火光在我眼前和心头交错。

爸妈由不得我，便把我架走到火堆的起点。

"我不要，我不要——"我大声号哭起来。

"走，走！"爸爸吼叫着。

我不要——

妈——

我跪了下来，紧紧抱住妈妈的腿，泪水使我什么都看不见了。

"没出息。我怎么会生出这种儿子，给我现世，今天你不走，我就把你打死在火堆上。"爸爸的声音像夏天午后的西北雨雷，轰轰响动。我抬头看，他脸上爬满泪水，重重把我摔在地上，跑去抢起道坛上的蛇头软鞭，"啪"的一声抽在我身旁的地上，溅起一阵泥灰。

"我打死你！我打死你！林姓的祖先做了什么孽，生出这样的孩子！我打死你。让你去和那个讨债的儿子做堆！"我从来没有看过爸爸暴怒的面容，他的肌肉纠结着，头发扬散如一头巨狮。

"你疯了。"妈妈抢过去拦他，声音凄厉而哀伤。

红头道士、轿夫们、人群都拥过来抓住爸爸正要飞来的鞭子。

锣也停了。

爸爸被四个人牢牢抓住，他不说话，虎目如电，穿刺我的全身。

四周是可怕的静寂。

我突然看见弟弟的脸在血红的火堆中燃烧，想起爸爸撑着猎枪掉泪的面影和他辛苦荷锄的身姿，我猛地站起，对爸爸大声说："我走，我走给你看，今天如果我不敢走这火堆，就不是你的团仔。"

锣声缓缓响起。

几千只眼睛如炬一样注视我。

我走上了火堆。

第一步跨上去，一道强烈的热流从我脚底蹿进，贯穿了我的全身，我的汗水和泪水全滴在火上，一声"嗤"，一阵烟。

我什么都看不见，仿佛陷进一个神秘的围城，只听到远天深处传来弟弟轻声的耳语："走呀！走呀！"

那是一段很短的路，而我竟完全不知它的距离，不知它的尽处，相思林尽头的阳光亮起，脚下的火也浑然或忘了。

踩到地的那一刻，土地的冰凉使我大吃一惊。

"呼——"一声，全场的人都欢呼起来，爸爸妈妈早已等在这头，两个人抢抱着我，终于号啕地哭成一堆。打锣的人戏剧性地欢愉地敲着急速的锣鼓。

爸爸疯也似的紧抱我，像要勒断我的脊骨。

那一天，那过火的一天，我们快乐地流泪走回家。

到黑肚大溪，爸爸叫我独自涉水。

猛然间，我感到自己长大了。

童年过火的记忆像烙印一般影响了我整个生命的途程，日后我遇到人生的许多事都像过火一样，在起步之初，我们永远不知道能否安全抵达火毯的那一端。我们当然不敢相信有火神，我们会害怕、会无所适从、会畏惧受伤，但是人生的火一定要过、情感的火要过、欢乐与悲伤的火要过、沉定与激情的火要过、成功与失败的火要过。

我们不能退缩，因为我们要单独去过火，即使亲如父母，也有无能为力的时候。

无风絮自飞

　　在我们家乡有一句话，叫："菜瓜藤，肉豆须，分不清"，意思是丝瓜的藤蔓与肉豆的茎须一旦纠缠在一起，是无法分辨的。

　　因此，像兄弟分家的时候，夫妻离婚的时候，有许多细节部分是无法处理的，老一辈的人就会说："菜瓜藤与肉豆须，分不清呀！"还有，当一个人有很多亲戚朋友，社会关系异常复杂的时候，也可以用这一句。以及一个人在过程中纠缠不清，甚至看不清结局之际，也可以用这一句来形容。

　　住在都市的人很难理解到这九个字的奥妙，因为他们没有机会看到丝瓜与肉豆藤须缠绵的样子。乡下人谈到人事难以理清的真实情境，一提到这句话都会禁不住莞尔，因为丝瓜与肉豆在乡间是最平凡的植物，几乎家家都有种植。我幼年时代，院子的棚架下就种了许多丝瓜和肉豆，看到它们纠结错综，常常会令我惊异，真的是肉眼难辨，现在回想起来，感觉到现代人复杂难以理清的人际关系，确实像这两种植物藤蔓的纠缠，想找到丝瓜与肉豆的根与果是不难的，但要在生长的过程分辨就非常困难了。

有一次我发了笨心，想要彻底地分辨两者的不同，却把丝瓜和肉豆的茎叶都扯断了。父亲看见了觉得很好笑，就对我说："即使你能分辨这两株植物又有什么意义呢？你只要在它们的根部浇水施肥，好好地照顾让它们长大，等到丝瓜和肉豆长出来，摘下来吃就好了，丝瓜和肉豆都是种来食用的，不是种来分辨的呀！"

父亲的话给我很好的启示，在人生一切关系的对应上也是如此，一个人只要站稳脚跟，努力地向上生长，有时不免和别人纠缠，又有什么要紧呢？不忘失自己的立场与尊严，最后就会结出果实来，当果实结成的时刻，一切的纠缠就不重要了。

另外一个启示就是自然，万事万物都有其自然的法则，依循这自然的发展，常常回头看看自己的脚跟，才是生命成长正常的态度。种什么样的因会结出什么样的果，是必然的，丝瓜虽与肉豆无法分辨，但丝瓜是丝瓜，肉豆是肉豆，这是永远不会变的，我们能做的就是让丝瓜长出好的丝瓜，让肉豆结出肥硕的肉豆！

丝瓜是依自然之序而生长结果，红花是这样红的，绿叶也是这样绿的，没有人能断绝自然而超越地活在世界，此所以禅师说："不雨花犹落，无风絮自飞。"花与絮的飞落不必因为风雨，而是它已进入了生命的时序。

日本的道元禅师到中国习禅归国后，许多人问他学到了什么，他说："我已真正领悟到眼睛是横着长，鼻子是竖着长的道理，所以我空着手回来。"

听到的人无不大笑，但是立刻他们的笑声都冻结了，因为他们之中没有人知道为何鼻子直着长而眼睛横着长，这使我们知道，禅心就是自然之心，没有经过人生庄严的历练，是无法领会其中真谛的呀！

不雨花犹落

无风絮自飞

在飞机的航道上

一位年轻人说要带我去看飞机。

"飞机有什么好看呢?"我说。

他说:"去了就知道。"

我坐上他的机车后座,在台北的大街小巷穿行,好不容易来到"看飞机的地点"。

虽然是黄昏了,草地上却有许多青年聚集在一起,远方火红的落日在都市的滚滚红尘衬托下,显得极为艳丽。

一架庞大的飞机从东南的方向,逆着太阳呼啸而来,等待着的年轻人全站直身子,两臂伸直,高呼狂叫起来。

啸声大震的飞机低头俯冲,一阵狂风席卷,使须发衣袖都飞荡起来,耳朵里嗡嗡作响,在尚未回过神的时候,飞机已经在松山机场降落。

　　我站在飞机航道上，回想着几秒钟前那惊心动魄的经验，身体里的细胞仿佛还随着飞机的喷射在震颤着，另一架波音 737 又从远方呼啸而来了……

　　载我来的青年，打开一罐啤酒，咕噜咕噜地灌进肚子里，说："很过瘾吧！"

　　这个心脏纯净、充满热力的青年，和我年轻时代一样，已经连着三次联考落榜，正在等待兵役的通知。每天黄昏时分把摩托车飙到最高速，到这飞机最近的航道，看飞机凌空降落。

　　他说："这城市里有许多心情郁卒的人，天天来这里看飞机，就好像患了某种毒痛一样。"他正在说的时候，夕阳的最后一丝光芒沉入红尘，一架有四个强灯的飞机降落，在灰暗的天空射出四道强光。

　　青年把自己挺成树一样，怪声一口，回过头来再次对我说："真的很过瘾吧！"

　　"是呀！"我抬头看着飞机远去的尾灯，觉得如此迫近的飞行，确是震撼人心的。

　　"我每次心情不好，来看了飞机就会好过一点儿。站在飞机航道的我们是多么渺小，小得像一株草，那么人生又有什么好计较的呢？考试的好坏又有什么好计较呢？"

　　一直到天色完全沉黑了，虽然飞机依然从远方来，我们还是依依不舍地离开狂风飞扬的跑道。

我坐在机车后座，随青年奔驰在霓虹闪耀的城市，想着这段话：

"我们是多么渺小，小得像一株草，人生有什么好计较的呢？"

被失败的苹果击中

　　闻名世界的日本服装设计师三宅一生，在被问到他如何成功地设计出独创一格的服装时，谈到两个颇值深思的问题。一是他认为自己所设计的服装只完成了"部分"，而把一半创造的空间留给穿衣服的人，这样，使得穿衣服的人能穿出自己的风格，并且使同一件衣服也有很大的不同，依这个观念设计出来的服装不容易失败。二是他选择衣服布料的时候，总是请布厂拿出设计、印染、纺织失败的布料，他则依照这些被公认为"失败"的布料找到灵感，裁制出最具独创与美感的作品，因此他的作品总是独一无二，领导着世界的服装潮流。三宅一生的话给我们许多启示。他无疑是当今日本最成功的服装设计师，他的年收入大约五千万美元。因为他，日本服装业得到国际性的尊敬，东京的服饰新潮始能与巴黎、纽约、米兰抗衡，成为世界流行的中心。

三宅一生的服饰近年也在台北登陆，是台北关心服装的人所共知的服装大师级人物。他的"失败哲学"，颇有值得我们参考的地方。对于一个有创造力的艺术家来说，生活的进程最重要的是有成功的企图心，但是，成功不是必然的，唯有在失败的因子里找到成功的果实，才可能创造真正的成功。

美国现代画家路西欧·方达早年画油画时受到顿挫，心情大为恶劣，有一天坐在画布前面竟一笔也画不下去。他生气地拿起一把刀把画布割碎了。在画布破裂的一刹那，犹如电光石火，他马上有了一个灵感："割破的画布算不算是一种创作呢？"于是他把另外的画布拿来，一一割破，然后公开展览，竟使他创造了新的艺术观，成为一代大师。

当然，像他们这样在失败中求取成功的人，历史上不可胜数，我们可以把这种失败称为"打在牛顿头上的苹果"，因为他们被失败的苹果击中，才碰击出成功的火花。

佛经里有一句话："众生以菩提为烦恼，菩萨以烦恼为菩提"。或说"烦恼即菩提"，意思不是烦恼等于菩提，而是说对于有慧心的人，总能在烦恼中找到智慧，而且为了治愈更多的烦恼，产生更高的智慧——平顺的人通常不会比愈挫愈奋的人有智慧，真正的智者往往能不惮失败的烦恼。安乐令人沉沦，忧患反而激发生存的力量，也就是这个道理。

在现实生活中，失败是一件可怕的事情，几乎没有人喜欢失败。

可惜这世界上没有永远的成功者，我们可以肯定地说："那些在人生后半段成功的人，是由于他们在人生的前半段的失败中找到了成功的灵感。"

唯有在失败中成功，才不只是形式与事业的成功，而是连心灵也成功了！

把烦恼写在沙滩上

有一个中年人，年轻时追求的家庭和事业都有了基础，但是却觉得生命空虚，感到彷徨而无奈，而且这种情况日渐严重，到后来不得不去看医生。

医生听完了他的陈述，说："我开几个处方给你试试！"于是开了四帖药放在药袋里，对他说："你明天九点钟以前独自到海边去，不要带报纸杂志，不要听广播，到了海边，分别在九点、十二点、三点和五点，依序各服用一帖药，你的病就可以治愈了。"

那位中年人半信半疑，但第二天还是依照医生的嘱咐来到海边，一走近海边，尤其是清晨，看到广大的海，心情为之清朗。

九点整，他打开第一帖药服用，里面没有药，只写了两个字"谛听"。他真的坐下来，谛听风的声音、海浪的声音，甚至听到自己心跳的节拍与大自然的节奏合在一起。他已经很多年没有如此安静地坐下来听，因此感到身心都得到了清洗。

到了中午，他打开第二个处方，上面写着"回忆"两字。他开始从谛听外界的声音转回来，回想起自己从童年到少年的无忧快乐，想到青年时期创业的艰困，想到父母的慈爱，兄弟朋友的友谊，生命的力量与热情重新从他的内在燃烧起来。

下午三点，他打开第三帖药，上面写着"检讨你的动机"。他仔细地想起早年创业的时候，是为了服务人群、热诚地工作，等到了事业有成了，则只顾赚钱，失去了经营事业的喜悦，为了自身利益，则失去了对别人的关怀，想到这时，他已深有所悟。

到了黄昏的时候，他打开最后的处方，上面写着"把烦恼写在沙滩上"。他走到离海最近的沙滩，写下"烦恼"两个字，一波海浪立即淹没了他的"烦恼"，洗得沙上一片平坦。

当这个中年人在回家的路上，再度恢复了生命的活力，他的空虚与彷徨也就治愈了。

这个故事是有一次深研禅学的郑石岩先生谈起关于高登（ArthurGordon）亲身体验的故事。我一直很喜欢这个故事，因为它在本质上有许多与禅相近的东西。

"谛听"就是"观照"，是专心地听闻外在的声音，其实，"谛听"就是"观世音"，观世音虽是菩萨的名字，但人人都具有观世音的本质，只要肯谛听，观世音的本质就会被开发出来。

"回忆"就是"静虑",是禅最原始的意涵,也是反观自心的初步功夫。观世音菩萨有另一个名号叫"观自在",一个人若不能清楚自己成长的历程,如何能观自在呢?

"检讨你的动机",动机就是身口意的"意",在佛教里叫作"初发",意即"初发的心"。一个人如果能时时把握初心,主掌意念,就能随心所欲不逾矩了。

"把烦恼写在沙滩上",这是禅者的最重要关键,就是"放下",我们的烦恼是来自执着,其实执着像是写在沙滩上的字,海水一冲就流走了,缘起性空才是一切的实相,能看到这一层,放下就没有什么难了。

禅并没有一定的形式与面貌,在用世的许多东西,都具有禅的一些特质,禅自然也不离开生活,如何深入于生活中得到崭新的悟,并有全生命的投入,这是禅的风味。

有一个禅宗的故事这样说,一位禅师与弟子外出,看到狐狸在追兔子。

"依据古代的传说,大部分清醒的兔子可以逃掉狐狸,这一只也可以。"师父说。

"不可能!"弟子回答,"狐狸跑得比兔子快!"

"但兔子将可避开狐狸!"师父仍然坚持己见。

"师父,您为什么如此肯定呢?"

"因为，狐狸是在追它的晚餐，兔子是在逃命！"师父说。

可叹息的是，大部分人过日子都像狐狸追兔子，以致到了中年，筋疲力尽就放弃自己的晚餐，纵使有些人追到了晚餐，也会觉得花那么大的代价，才追到一只兔子感到懊丧。修行者的态度应该不是狐狸追兔子，而是兔子逃命，只有投入全副身心，向前奔驰飞跃，否则一个不留神儿，就会丧于狐口了。

在生命的"点"和"点"间，快如迅雷，没有一点儿空隙，甚至容不下思考，就有如兔子奔越逃命一样，我每想起这个禅的故事，就想到：兔子假如能逃过狐口，在喘息的时候，一定能见及生命的真意吧！

人在江湖

　　做生意的朋友来看我，谈到内心里的许多挣扎，说有时候为了生意，不免要去应酬、喝酒，有时还要对别人设计、扯谎，其实自己的内心里向往着规规矩矩地做生意，过单纯的生活，但这样的希望是很不可得的。

　　他的结论是："人在江湖，身不由己呀！"

　　朋友走了以后，我想到："人在江湖，身不由己！"不只是做生意的人，也是一般人去做那些不随己意的事时，最常用的借口，江湖，真的那么可怕吗？什么是江湖呢？

　　"江湖"的用语，最早是出自《庄子·大宗师》里"不如相忘于江湖"，指的是三江（荆江、松江、浙江）五湖（洞庭湖、太湖、鄱阳湖、青草湖、丹阳湖），后来成为佛教里的常用语，把云游四海的云水僧人称为"江湖人"。

　　那是因为在唐朝的时候，江西有马祖道一禅师，湖南有石头希迁禅师，两位禅师的德声享誉四方，同时大树法幢，当时天下各地的神僧，如果不是到江西去参马祖，就是到湖南去参石头，由于古代的交通不便，光是走到江西、湖南就要一年半载，他们沿路挂单参访，称为"走江湖"。走在江湖上的行者别称为"江湖人"、"江湖僧"、"江湖众"。

　　江湖还有别的意思，像禅师如果散居于名山大刹之外，居于江畔湖边自己参究的，也称为"江湖人"。

　　或者，一般隐士之居，也可以叫"江湖"，如汉书之"甚得江湖间民心"，范仲淹《岳阳楼记》说："处江湖之远，则忧其君。"

　　因此，在早期，"江湖"是很好的字眼儿，它象征着一种自由追求真理的态度；"江湖人"也是很好的字眼儿，是指那些可以放下一切，去探究生命真相的人。

　　不知道什么时候开始，在中国民间，"江湖"成为一般通俗的称呼，浪迹于四方谋生活的人，称为"走江湖"或"跑江湖"；阅历丰富的人称为"老江湖"，而以术敛财的人叫"江湖郎中"。这些都还是好的，江湖只是名词而已，到了现在，"江湖"成为"染缸"的同义词，政客在国会打架、骂《三字经》，说"人在江湖，身不由己"。商人出卖灵魂，重利轻义，说："人在江湖，身不由己。"黑社会杀人放火，无所不为，说："人在江湖，身不由己。"

　　你们的江湖到底是什么样的江湖呢？

如果马祖与石头还在
我也真想去走江湖
但是如今最好是
安住于自己的心
来让那心水澄清
以便哪一天
可以拿来饮用呀

人处世间，江湖风险，似乎是不可避免的，但是在同一个江湖里，有人自清自爱，有人随浊随堕，完全是看个人的选择，"身不由己"只是一个借口罢了！我想起《韩非子》里说："不可陷之盾与无不陷之矛，不可同世而立。"如果心里有清白的向往，而还继续混浊，当然会有矛盾、冲突与挣扎了。

在我们幼年时代，没有自来水，家家户户都在庭前摆水缸，接雨水备用，接来的水要先放一两天澄清，等泥尘沉淀才可使用。有时候孩子顽皮，以手去搅水缸，只要两三下，水就不能用了，要再澄清两天才可用。

因此，我们很小的时候就知道绝对不要去搅水缸，因为"要使水澄清很难，要一两天；要使水混浊很容易，只要搅一两下"。

身在江湖的人也是一样的，古代的禅师主了发觉内在的澄明的泉源，不惜在江边湖畔，苦苦寻索，是看清了"江湖寥落，尔将安归？"的困局；现代的人则随着欲望之江溺于迷茫之湖，向外永无休止地需索，然后用"身不由己"来做借口。

即使我们真是身在江湖，也要了解江湖真实的意涵，"春风桃李花开日，秋雨梧桐叶落时"，江湖实不可畏，怕的是自己一直把手放在水缸里翻搅。

如果马祖与石头还在，我也真想去走江湖，但是如今最好是安住于自己的心，来让那心水澄清，以便哪一天，可以拿来饮用呀！

习 气

　　于右任先生有一把漂亮的大胡子。有一天，他遇到一位小女生，小女生对他的胡子很感兴趣，便问于右老："您睡觉的时候，这一把胡子是放在棉被外面还是里面？"

　　于老先生一时被问住了，想了半天也想不起睡觉的时候胡子放在哪里，只好对小女孩说："我改天再告诉你。"

　　那天晚上，于右老失眠了。他先把胡子放在被子里，感到不对劲儿；又把胡子拉到被子外面，也觉得不对。他一个晚上就这样把胡子搬来搬去，还是不知道胡子平时到底是在被子里还是被子外。

　　很久以后，于右老终于弄清楚了：他的胡子有时在棉被外，有时在棉被内。

　　在我们的生活里，有许多事都和于右老的胡子一样，弄不清到底是什么面目。最简单的问题往往最不能找到答案，例如：你下飞机的时候是右脚先下，还是左脚先下？

我有一个朋友是电影导演，他要到澎湖去拍戏，就找了一位密宗的大师看看到澎湖以后的运气。大师对他说："你下飞机的时候记住要左脚先下，否则你这一部电影就完蛋了。"

我的导演朋友下飞机时突然忘记了到底是应该左脚先下，还是右脚先下，站在飞机的阶道上呆住了，不敢跨出去。直到空乘催他，他的右脚才跨出去。走了几步以后才想起大师叫他先迈左脚，顿时捶胸顿足，把自己狠狠骂了一顿。后来电影不卖座，他一直恨自己的右脚。

当然，这些习焉不察的事，有时对我们并没有什么伤害。可是有一些就有伤害了，例如你问一个抽烟的人："你一天抽几支烟？一支烟有多少尼古丁？"我相信很少人能准确地回答出来。或者你问一个普通人："你的童年时代是怎样的？你青少年时代不是很有抱负的吗？今天为什么变成了这个样子？问题出在哪里？"同样地，很少有人能回答出来。

但是我们知道，抽烟对我们的身体有很大的伤害，如果我们不正视它，将来一定会出问题的。而我们过去有那么远大的理想，今天却没有成功，一定是某一个环节出了问题，如果我们找到了问题的症结，肯定对我们今后的成功有帮助。

我想，那时是因为习气，我们明明知道很多选择、很多习惯是坏的，却偏偏要去做，这就是习气，是俗话说的"野狗改不了吃屎"。路上的野狗你给它好东西吃，它吃到一半，闻到屎味又跑去吃屎了，许多戒烟的人老是戒不掉，就是这个道理。这样说似乎有点儿刻薄，然而，坏的习惯不正是如此吗？

曾经有一个失眠的人去找心理医生，心理医生教他数绵羊。有一天他又失眠了，医生问他，他说："绵羊都跑走了，抓不回来怎么办？"

医生说："你不要管它，假设你有一千只绵羊，跑掉一些有什么关系？"

第二天他又失眠了，医生问他原因，他说："我的一千只绵羊今天都数完了，明天怎么办？"

你看，习气是多么可怕的东西，如果一个人有坏的习气，即使有一百万只绵羊，也有数完的一天。

所谓成功的人生，就是一天减少一些习气，减少习气唯一的方法就是去面对它。

独乐与独醒

人生的朋友大致可以分成四种类型：一种是在欢乐的时候不会想到我们，只在痛苦无助的时候才来找我们分担。这样的朋友往往也最不能分担别人的痛苦，只愿别人都带给他欢乐。他把痛苦都倾泻给别人，自己却很快忘掉。

一种是他只在快乐的时候才找朋友，却把痛苦独自埋藏在内心，这样的朋友通常能善解别人的痛苦，当我们丢掉痛苦时，他却接住它。

一种是不管在什么时刻、什么心情都需要别人共享，认为独乐乐不如众乐乐，独悲哀不如众悲哀，恋爱时急着向全世界的朋友宣告，失恋的时候也要立即告诸亲友。他永远有同行者，但他也很好奇好事，总希望朋友像他一样，把一切最私密的事对他倾诉。

还有一种朋友，他不会与人特别亲近，他有自己独特的生活方式，独自快乐、独自清醒，他胸怀广大、思虑细腻，口示优越，带着一些无法测知的神秘，他们做朋友最大的益处是善于聆听，像大海一样可以容受别人欢乐或苦痛的泻注，但自己不动不摇，由于他知道解决问题的关键，因此对别人的快乐予以鼓励，对别人的苦痛施以援手。

用水来做比喻，第一种朋友是河流型，他们把一切自己制造的垃圾都流向大海；第二种朋友是池塘型，他们善于收藏别人和自己的苦痛；第三种朋友是波浪型，他们总是一波一波找上岸来，永远没有静止的时候；第四种朋友是大海型，他们接纳百川，但不失自我。

当然，把朋友做这样的划分不是绝对的，因为朋友有千百种面目，这只是大致的类型罢了。我们到底要交什么样的朋友？或者说，我们希望自己变成什么样的朋友？

纪伯伦在《友谊》里有这样的两段对话："你的朋友是来回应你的需要的，他是你的田园，你以爱心播种，以感恩的心收成。他是你的餐桌和壁灯，因为你饥饿时去找他，又为求安宁寻他。""把你最好的给你的朋友，如果他一定要知道你的低潮，也让他知道你的高潮吧！如果只是为了消磨时间才找你的朋友，又有什么意思呢？找他共享生命吧！因为他满足你的需要，而不是填满你的空虚，让友谊的甜蜜中有欢笑和分享吧！因为心灵在琐事的露珠中，找到了它的清晨而变得清爽"。

在农业社会，友谊是单纯的，因为其中很少有利害关系；在少年时代，友谊也是纯粹的，因为多的是心灵与精神的联系，很少有欲望的纠葛；工业社会的中年人，友谊常成为复杂的纠缠，"朋友"一词也浮滥了，我们很难和一个人在海岸散步，互相倾听心声，难得和一个人在茶屋里，谈一些纯粹的事物了。朋友成为群体一般，要在啤酒屋里大杯灌酒、在饭店里大口吃肉一起吃喝，甚至在卡拉 OK 这种黑暗的地方，唱着浮滥的心声。

从前，我们在有友谊的地方得到心的明净、得到抚慰与关怀、得到智慧与安宁。现在有许多时候，朋友反而使我们混浊、冷漠、失落、愚痴与不安。现代人都成为"河流型"、"池塘型"、"波浪型"的格局，要找有大海胸襟的人就很难了。

在现代社会，独乐与独醒就变得十分重要，所谓"独乐"是一个人独处时也能欢喜，有心灵与生命的充实，就是一下午静静地坐着，也能安然；所谓"独醒"是不为众乐所迷惑，众人都认为应该过的生活方式，往往不一定适合自己，那么，何不独自醒着呢？

只有我们能独乐、独醒，才能成为大海型的人，在河流冲来的时候、在池塘满水的时候、在波浪推过的时候，我们都能包容，并且不损及自身的清净。纪伯伦如是说："你和朋友分手时，不要悲伤，因为你最爱的那些美质，他离开你时，你会觉得更明显，就好像爬山的人在平地上遥望高山，那山显得更清晰。"

在岁月

我们走过了许多春夏秋冬

在人生

我们走过了许多冷暖炎凉

我总相信

在更深更广处

我们一定要维持着美好的

欣赏的心

第二辑

一切风景
皆心景

生命的馅儿

在面包店，我为了买奶酥面包或花生面包而迟疑半天，因为两种我都爱吃，但一天只能吃一种。

后来我买了奶酥面包，是不得不做的选择。

排队付账的时候，我想到，买面包时的迟疑也就像人生里的每一个选择一样：

我们要买一条土司容易，但选择面包的馅儿就难；我们要生活很容易，但生活得有内容、有滋味就难。

可以用钱买的面包都会难以选择，何况是那些无法用钱买的选择呢？

为了充饥而买面包，是第一种层次；为了品味而买面包是第二种层次；又能充饥又能品味，是第三种层次。

人生的追求也是如此，有的人只顾物质而不顾心灵；有的人为了强调心灵而鄙视物质；只有视野开阔的人，才知道心灵与物质平衡的重要。

物欲的追求与心灵的追求乃是天平的两端，一个有慧心的人自然可以找到既可充饥又好吃的面包。

走出面包店，我想明天再买花生面包吧！然后我就边走边吃刚出炉的奶酥面包，热气腾腾的，滋味很好。

物欲的追求与心灵的追求

乃是天平的两端

一个有慧心的人

自然可以找到

既可充饥又好吃的面包

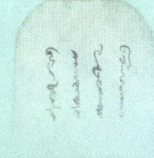

翠玉白菜

　　我曾在美国国家地理杂志看过一张照片：故宫博物院的翠玉白菜放在庭院中一大堆白菜里面，院子里的阳光灿烂，光线投照在白菜上，只有翠玉白菜反射着耀眼的光芒。翠玉白菜是一大堆白菜里体积最小的，但最珍贵、最耀目，是故宫的镇山之宝。

　　那一幅照片印在我的心版上，经过十几年了，还未曾稍忘。

　　翠玉白菜确实是那样轻薄短小，往往出乎第一次看见的人的意料，大约只有合着的一巴掌那么大，与一般的白菜大小不能相比。

　　后来，我发现故宫的许多"重宝"，都是很"轻巧"的，最好的玉器、瓷器、茶具也往往不是顶大的。当然，大的物件也有精品，但最精纯的常常是小的。

　　其实，我们评断一件东西，最好不要看它的大小，而要看它的精纯，它的品质好坏。看人也是一样，官大、财大、权大、名大的，小人也是很多的。艺术特别是这样，好画不一定要巨大，好音乐不一定要长，好文章也不一定要很长。

能把小东西做好的，才能把大东西做好；能照顾小节的人，才会有大的威仪。

这是为什么《佛经》里说道，大到须弥山的虚无和小到微尘的芥菜种子应同等看待，"芥子容须弥，毛孔收刹海"，那是因为最大的正好是最小的累积，而最小的正好是最大的元素。

相传龙树菩萨曾在南天竺以白芥子七粒击开南天铁塔，取得《大日经》，这和西方童话的"芝麻开门"是多么相像呀！所以，（维摩诘经）说到一个人如果能彻悟体验"见须弥入芥子中"，那个人就已经住于不可思议的解脱法门。那时就超越了大小、高低、迷悟、生佛的差别见解；进入"大小无疑"的华严境界。由于"大如须弥"是难以想象和掌握的，因此我总想，一个人如果要把生活过好，应该从手里的芥子开始。

我喜欢小巧的艺术品，从中就可以看出创作者伟大的心灵。

我喜欢细腻的生活态度，觉得一个人应该从平凡的生活去体会生命更深的意义。

当然，我也喜欢雄伟、厚重、气势磅礴的人或作品，只是那样的人难得，那样的作品难遇，许多自认为伟大的人，自认为厚重的作品，只是放言空论罢了。

当我们回到生活的原点，还原到素朴之地的生活，无非是"轻罗小扇扑流萤"，无非是"薄薄酒，胜茶汤，粗粗衣，胜无裳"，或者是"短笛无腔信口吹"，或者是"小楼昨夜听春雨"。

生命就是由轻薄短小的历程所组成的，所谓命光不空过，也正是去体验那小小历程中深刻的意义，体验、体验、再体验，更深入的体验，这是到彼岸的智慧之路。

在许许多多的白菜中，去找到那棵翠玉白菜。

翠玉白菜那么轻薄短小出乎我们的意料，它的精巧珍贵却是我们熟知的。

走向智慧的路，是许多人都在追逐一车车白菜的时候，我们一眼就看见了翠玉白菜，除了它原来就那么耀目，也是因为我们的慧眼。

发芽的心情

　　有一年，我在武陵农场打工，为果农收获水蜜桃与水梨。那时候是冬天，清晨起来要换上厚重的棉衣，因为山中的空气格外有一种清澈的冷，深深呼吸时，凉沁的空气就涨满了整个胸肺。

　　我住在农人的仓库里，清晨挑起箩筐到果园子里去，薄雾正在果树间流动，等待太阳出来时再往山边散去。在薄雾中，由于枝丫间的叶子稀疏，可以清楚地看见那些饱满圆熟的果实，从雾里浮现出来，青鲜的、还挂着夜之露水的果子，如同刚洗过一个干净的澡。

　　雾掠过果树，像一条广大的河流般，这时阳光正巧洒下满地的金线，果实的颜色露出来了，梨子透明一般，几乎能看见表皮内部的水分。成熟的水蜜桃有一种粉状的红，在绿色的背景中，那微微的红，如鸡心石一样，流动着一棵树的血液。

　　我最喜欢清晨曦光初现的时刻。那时，一天的劳动刚要开始，心里感觉到要开始劳动的喜悦，而且面对一片昨天采摘时还青涩的果子，经过夜的洗礼，竟已成熟了，可以深切地感觉到生命的跃动，知道每一株果树全都有着使果子成长的力量。我小心地将水蜜桃采下，放在已铺满软纸的箩筐里，手里能感觉到水蜜桃的重量，以及那充满甜水的内部质地。捧在手中的水蜜桃，虽已离开了它的树枝，却像一株果树的心。

采摘水蜜桃和梨子原不是粗重的工作，可是到了中午，全身几乎已经汗湿，中午冬日的暖阳使人不得不脱去外面的棉衣。这样轻微的劳作，为何会让人汗流浃背呢？有时我这样想着。后来找到的原因是：水蜜桃与水梨虽不粗重，但它们那样容易受伤，非得全神贯注不可——全神贯注也算是我们对大地生养的果实应有的一种尊重吧！

才一个月的时间，我们差不多把果园中的果实完全采尽了，工人们全部放工，转回山下，我却爱上了那里的水土，经过果园主人的准许，我可以在仓库里一直住到春天。能够在山上过冬是我意想不到的，那时候我早已从学校毕业，正等待着服兵役的征集令，由于无事，心情差不多放松下来了。我向附近的人借到一副钓具，空闲的时候，就坐客运车到雾社的碧湖去徜徉一天，偶尔能钓到几条小鱼，通常只是饱览了风景。

有时候我坐车到庐山去洗温泉，然后在温泉岩石上晒一个下午的太阳；有时候则到比较近的梨山，在小街上散步，看那些远远从山下爬上来赏冬景的游客。夜间一个人在仓库里，生起小小的煤炉，饮一壶烧酒，然后躺在床上，细细地听着窗外山风吹过林木的声音，深深觉得自己是完全自由的人，是在自然中与大地上工作过，静心等候春天的人。

采摘过的果园并不因此就放了假，果园主人还是每天到园子里去，做一些整理剪枝锄草的工作，尤其是剪枝，需要长期的经验与技术，听说光是这一项，就会影响明年的收成。我四处游历告一段落，有一天到园子帮忙整理，我所见的园中景象令我大大吃惊。因为就在一个月前曾结满累累果实的园子，这时全像枯萎了一般，不但没有了果实，连过去挂在枝干尾端的叶子也都凋落净尽，只有一两株果树上，还留着一片焦黄的、在风中颤抖着随时要落在地上的黄叶。

园中的落叶几乎铺满地，走在上面窸窣有声，每一步都把落叶踩裂，碎在泥地上。我并不是不知道冬天的树叶会落尽的道理，但是对于生长在南部的孩子，树总是常绿的，看到一片枯树反而觉得有些反常。

我静静地立在园中，环目四顾，看那些我曾为它们的生命、为它们的果实而感动过的果树，如今充满了肃杀之气，不禁在心中轻轻叹息起来。同样的阳光、同样的雾，却洒在不同的景象之上。

曾经雇用过我的主人，不能明白我的感伤，走过来拍我的肩膀，说："怎么了？站在这里发呆。"

"真没想到才几天的工夫，叶子全落尽了。"我说。

"当然了，今年不落尽叶子，明年就长不出新叶了；没有新叶，果子不知道要长在哪里呢！"园主人说。

然后他带领我在园中穿梭，手里拿一把利剪，告诉我如何剪除那些已经没有生命力的树枝。他说那是一种割舍，因为一棵果树的力量是一定的，长得太密的枝丫，明年固然能长出许多果子，但会使所有的果都长得不好，经过剪除，就能大致把握明年的果实。虽然这种做法对一棵树的完整有伤害，但一棵果树不就是为了结果吗？为了结出更好的果，母株总要有所牺牲。

我看到有些拇指粗细的枝丫被剪落，还流着白色的汁液，说："如果不剪枝呢？"

园主人说："你看过山地里野生的芭乐吗？它的果子一年比一年小，等到树枝长得过盛，根本就不能结果了。"

我们在果园里忙碌地剪枝锄草，全是为明年的春天做准备。春天，在冬日的冷风中，感觉像是十分遥远的日子，但是拔草的时候，看到那些在冬天也顽强抽芽的小草，又似乎感到春天就在那深深的土地里，随时等候着涌冒出来。

果然，我们等到了春天。

其实说是春天还嫌早，因为气温仍然冰冷一如前日。我去园子的时候，发现果树像约定好的一样，几乎都抽出绒毛一般的绿芽，那些绒绒的绿昨夜刚从母亲的枝干挣脱出来，初面人世，每一片都像透明的绿水晶，抖颤地睁开了眼睛。我尤其看到初剪枝的地方，芽抽得特别早，也特别鲜明，仿佛是在补偿着母亲的阵痛。我在果树前受到了深深的感动，好像我也感觉到了那抽芽的心情。那是一种春天的心情，只有在最深的土地中才能探知。

我无法抑制心中的兴奋与感动，每天第一件事就是跑去园子，看那些喧哗的芽一片片长成绿色的叶子，并且有的还长出嫩绿的枝丫，逐渐在野风中转成褐色。有时候，我一大去看好几次，感觉在黄昏的落日里，叶子长得比黎明时要大得多。那是一种奇妙的观察，确实能知道春天的信息。春天原来是无形的，可是借着树上的叶、草上的花，我们竟能真切地触摸到春天——冬天与春天不是天上的两颗星那样遥远，而是同一株树上的两片叶子，那样密切地跨步走。

我离开农场的时候，春阳和煦，人也能感觉到春天的触摸。园子里的果树差不多长出一整树的叶子，但是有两株果树却没有发出新芽，枝丫枯干，一碰就断落，他们已经在冬天里枯干了。

果园的主人告诉我，每一年，过了冬季，总有一些果树就那样死去了，有时连当年结过好果实的树也不例外。他也想不出什么原因，只说："果树和人一样，也有寿命，短寿的可能未长果就夭折，有的活了五年，有的活了十几年，真是说不准。奇怪的是，果树的死亡没有什么征兆，有的明明果子长得好好的，却就那样死去了……"

"真奇怪，这些果树是同时播种，长在同一片土地上，受到相同的照顾，品种也一样，为什么有的到了冬天以后就活不过来呢？"我问着。

我们都不能解开这个谜题，站在树前互相对望。夜里，我为这个问题而想得失眠了。果树在冬天落尽叶子，为何有的在春天不能复活呢？园子里的果树都还年轻，不应该就这样死去！

"是不是有的果树不是不能复活，而是不肯活下去呢？就像一些人失去了生的意志而自杀了？或者说，在春天发芽也要心情，那些强悍的树被剪枝，就用发芽来补偿，而比较柔弱的树被剪枝，则伤心地失去了对春天的期待与心情。树，是不是也有心情呢？"我这样反复地问自己，知道难以找到答案，因为我只能看到树的外观，不能了解树的心情。就像我从树身上知道了春的信息，但我并不完全了解春天。

我想到，人世里的波折其实也和果树一样。有时候我们面临冬天的肃杀，却还要被剪去枝丫，甚至流下了心里的汁液。那些懦弱的人，就不能等到春天，只有永远保持春天的心情等待发芽的人，才能勇敢地过冬，才能在流血之后还能满树繁叶，然后结出比剪枝以前更好的果实。

多年以来，我心中时常浮现出那两株枯死的水蜜桃树，尤其是受到无情的波折与打击时，那两株原本无关紧要的桃树，它们的枯枝就像两座生铁的雕塑，从我的心中撑举出来，我对自己说："跨过去，春天不远了，我永远不要失去发芽的心情。"果然，我就不会被冬寒与剪枝击败。虽然有时静夜想想，也会黯然流下泪来，但那些泪，在一个新的春天来临时，往往成为最好的肥料。

我对自己说

跨过去

春天不远了

我永远不要失去

发芽的心情

弹珠番茄

现在有一种新品种的番茄，小如拇指，颜色像柿子，形状像椭圆的水滴，这种番茄皮厚子少，滋味鲜美，令人吃了十分感动，贩卖的人称之为"珍珠番茄"。

每次吃这种珍珠番茄，我就想起乡下老家后院，我们也种了许多番茄，大小形状都像孩子玩的弹珠，我们称之为"珠子蜜"，译成国语就是"弹珠番茄"。

弹珠番茄与珍珠番茄最大的不同，就是它的味道很酸，吃一个就足以令人咬牙切齿，要是连吃十个，就会使牙齿酸软了。因此平常我们不吃弹珠番茄，口渴时吃一两个，往往精神百倍，口齿生津。

品种未改良前的番茄，我们称为"臭柿子"；品种较好的番茄，则叫"柑仔蜜"，那些台湾乡间的臭柿子，如今想到它的滋味，两颊就因感受到酸极而流出口水。

　　我想到关于番茄的一个传说，传说从前西方人是不吃番茄的，古时候的西方人相信番茄有剧毒，吃了会全身痛苦而死。

　　有一天，一个少女被情人抛弃了，心情悲惨不堪，白天恍惚，夜里失眠，脸容枯焦，皮肤与嘴唇都干裂了。她觉得活在这个世界已经毫无意义，想要自杀，于是想起森林中的番茄。

　　她奔跑进入森林，摘了一些最红、最毒的番茄来吃，奇怪的是，吃完了并没有痛苦而死。

　　少女想着："可能吃得太少了，明天再来吃。"

　　少女天天到森林吃番茄，奇怪的是，她不但没有被毒死，皮肤与嘴唇红润了，脸容也变丰盈了，夜夜总是睡得很好，白天精神很清朗，甚至每天的心情变得非常欢喜，连抛弃她的情人都回到了身边。

　　这时候，村里的人才知道番茄不但无毒，反而是最有营养的。

　　从现代观点来看，番茄中富含维生素C，确实可以治疗许多病症。

　　从前在南部乡间，每到番茄盛产，街边会出现许多卖番茄的小摊，例如把绿皮的大番茄切片，蘸一种特殊的酱料，酱料是以姜汁、糖粉、酱油膏调制，比较讲究的还放一些桂花酱，那鲜美的滋味常会让人不小心咬到舌头。

　　小番茄则有两种吃法：一种是制成糖葫芦，就是把番茄穿成一串，裹糖浆即成，外甜内酸，风味独特；另一种是番茄切一条缝，塞一片梅子肉，这种吃法香味隽永，令人口味无穷。

我住在乡下的时候，经常在黄昏去吃一大盘番茄切片，顺路买一包夹梅干的小番茄回家，走在乡间小路，总感觉人生美好，我曾吃过世界各地的番茄，但我敢担保，没有任何地方的番茄比台湾的好吃，没有任何一种吃法胜过蘸姜汁、糖粉、酱油膏、桂花酱。

每次吃番茄，我总想起少女吃番茄自杀的故事，更觉得番茄中别有滋味，那种境界简直与禅心相近，一个人如果有那种必死的决心与勇气，一定可以在绝处逢生，激发出强烈的生命力。

就像乡间的"弹珠番茄"，借着风力、鸟兽的携带，或者某些不知的力量，它生在山边，生在河边，生在农田或水沟，也生在垃圾堆和坟地，甚至生在屋顶和砖缝，简直是无远弗届，那种强韧与旺盛令人吃惊，使我想起老子的一句话："夫唯不争，故天下莫能与之争。"

弹珠番茄滋味当然比不上如今的新品种珍珠番茄，却是田园中不可抹灭的颜色，它所以有那么强的生命力，是因为它的种子永不失去，它常保持着繁衍的心愿，它欢喜地生长在任何一个掉落的地方。

对于一粒番茄的种子，它不分别和拣择，所以可以"随处做主，立处皆真"，鸟粪、坟场、垃圾堆都是它的净土。

对于一株番茄，它不逐名求利，也不埋没一生，它只是该开花时开花，该结果时结果，在晴天迎接阳光的照耀，在雨季迎接雨水的润泽；有人发现，欢喜地奉献身心，无人看见，自由地生长和凋落。

呀呀！一个小小的番茄也能给我们大大的启示啊！

白玉盅

　　在所有的蔬菜里，苦瓜是最美的。

　　苦瓜外表的美是难以形容的，它晶润透明，在阳光中，仿佛是白玉一般，连它长卵形的疣状突起，都长得那么细致，触摸起来清凉滑润，也是玉的感觉，所以我觉得最能代表苦瓜之美的，是清朝的玉器"白玉苦瓜"，白玉苦瓜是清朝写实性玉雕的代表之作，历来只看到它的雕工之细、写实之美，我觉得最动人的是雕这件作品的无名艺匠，他把"白玉"和"苦瓜"做一结合，确实是一个惊人的灵感。

　　比较起来，虽然"翠玉白菜"的声名远在"白玉苦瓜"之上，但是我认为苦瓜是比白菜更近于玉的质地，不仅是视觉的、触觉的，或者感觉的。

　　苦瓜俗称"锦荔枝"、"癞葡萄"，白玉苦瓜表现了形相的美，但是我觉得它还不能完全表现苦瓜的内容，以及苦瓜的味觉。苦瓜切开也是美的，它的内部和种子是鲜红色，像是有生命流动的鲜血，有一次我把切开的苦瓜摆在白瓷的盘子里，红白相映，几乎是画笔所无法表达。人站在苦瓜面前，尤其是夏天，心中就漫上一股凉意，那也只是一种感觉而已。

不管苦瓜有多么美丽，它还是用来吃的，如果没有吃过苦瓜，谁也没想到那么美的外表有那么苦的心。我年幼的时候最怕吃苦瓜，因为老使我想起在灶角熬着的中药，总觉得好好的鲜美蔬菜不吃，为何一定要吃那么苦的瓜，偏偏家里就种着几株苦瓜，有时抗议无效，常被妈妈通告苦着脸吃苦瓜，说是苦瓜可以退火，其实是因为家中的苦瓜生产过剩。

嗜吃苦瓜还是这几年的事，也许是年纪大，经历的苦事一多，苦瓜也不以为苦了；也许是苦瓜的美，让我在吃的时候忘却了它的苦；我想最主要的原因，应该是我发现苦瓜的苦不是涩苦、不是俗苦，而是在苦中自有一种甘味，好像人到中年怀想起少年时代惆怅的往事，苦乐相杂，难以析辨。

苦瓜有很多种吃法，我最喜欢的一种是江浙馆子里的"苦瓜生吃"，把苦瓜切成透明的薄片，蘸着酱油、醋和蒜末调成的酱，很奇怪，苦瓜生吃起来是不苦的，而是又香又脆，在满桌的油腻中，它独树一帜，没有一道菜比得上。有一回和画家王蓝一起进餐，他也最嗜苦瓜，一个人可以吃下一大盘，看他吃苦瓜，就像吃糖，一点儿也不苦。有一家江浙馆里别出心裁，把这道菜叫作"白玉生吃"，让人想起白玉含在口中的滋味，吃在口里自然想起故宫的白玉苦瓜，里面充满了美丽的联想。

画家席德进生前也爱吃苦瓜，不但懂吃，自己还能下厨；他最拿手的一道菜是苦瓜灌肉，每次请客都亲自做这道菜，上市场挑选最好的苦瓜，还有上好的腱子肉，把肉细心地捣碎以后，塞在挖空的苦瓜里，要塞到饱满结实，或蒸或煮，别有风味。一次，画家请客，我看到他在厨房里剁肉，小心翼翼塞到苦瓜中去，到吃苦瓜灌肉时，真觉得人生的享受无过于此。我们开玩笑地把画家的拿手菜取名为"白玉盅"，如今画家去了，他拿手的白玉盅也随他去了，我好几次吃这道菜，总品不出过去的那种滋味。

苦瓜真是一种奇异的蔬菜，它是最美的和最苦的结合，这种结合恐怕是造物者"美丽的错误"。以前有一种酸酸甜甜的饮料，广告词是"初恋的滋味"，我觉得苦瓜可以说是"失恋的滋味"，恋是美的，失是苦的，可是有恋就有失，有美就有苦，如果一个人不能尝苦，那么也就不能体会到那苦中的美。

我们都是吃过苦瓜的，却少有人看过苦瓜树。去年我在南部，看到一大片苦瓜田里长出累累的苦瓜，农民正在收采，他们把包着苦瓜的纸解开，采摘下来，就像在树上取下一颗颗的白玉。我站在田边，看着挑篮中满满的苦瓜，心中突然感动不已，我想，真正苦瓜生命里的美，是远远比故宫橱窗里的苦瓜还令人感动的。

　　我买了一个刚从田里采下的苦瓜，摆在家里，舍不得吃；放置几天以后，苦瓜枯萎了，失去了它白玉般的晶亮与透明，吃起来也丝毫不苦，风味尽失。这使我想起了人世间的许多事，美与苦是并生的，人不能只要美而不要苦，那么苦瓜的创作不能说是美丽的错误，它是人生真实的一个小影。

黑暗的剪影

在新公园散步，看到一个"剪影"的中年人。

他摆的摊子很小，工具也非常简单，只有一把小剪刀、几张纸，但是他剪影的技巧十分熟练，只要三两分钟就能把一个人的形象剪在纸上，而且大部分非常的酷肖。仔细地看，他的剪影上只有两三道线条，一个人的表情五官就在那三两道线条中活生生地跳跃出来。

那是一个冬日清冷的午后，即使在公园里，人也是稀少的，偶有路过的人好奇地望望剪影者的摊位，然后默默地离去；要经过好久，才有一些人抱着姑且一试的心理，让他剪影，因为一张二十元，比在相馆拍张失败的照片还要廉价得多。

我坐在剪影者对面的铁椅上，看到他生意的清淡，不禁令我觉得他是一个人间的孤独者。他终日用剪刀和纸捕捉人们脸上的神采，而那些人只像一条河从他身边匆匆流去，除了他摆在架子上一些特别传神的、用来做样本的名人的侧影以外，他几乎一无所有。

走上前去，我让剪影者为我剪一张侧脸，在他工作的时候，我淡淡地说："生意不太好呀？"没想到却引起剪影者一长串的牢骚。他说，自从摄影普遍了以后，剪影的生意几乎做不下去了，因为摄影是彩色的，那么真实而明确；而剪影是黑白的，只有几道小小的线条。

他说："当人们太依赖摄影照片时，这个世界就减少了一些可以想象的美感，不管一个人多么天真烂漫，他站在照相机的前面时，就变得虚假而不自在了。因此，摄影往往只留下一个人的形象，却不能真正有一个人的神采；剪影不是这样，它只捕捉神采，不太注意形象。"我想，那位孤独的剪影者所说的话，有很深切的道理，尤其是人坐在照相馆灯下所拍的那种照片。

他很快地剪好了我的影，我看着自己黑黑的侧影，感觉那个"影"是陌生的，带着一种连我自己都不敢相信的忧郁，因为"他"嘴角紧闭，眉头深结，我询问剪影者，他说："我刚刚看你坐在对面的椅子上，就觉得你是个忧郁的人，你知道要剪出一个人的影像，技术固然重要，更重要的是观察。"

剪影者从事剪影的行业已经有二十年了，一直过着流浪的生活，以前是在各地的观光区为观光客剪影，后来观光区也被照相师傅取代了，他只好从一个小镇到另一个小镇出卖自己的技艺，他的感慨不仅仅是生活的，而是"我走的地方愈多，看过的人愈多，我剪影的技术

世间没有真正的黑暗

即使无人顾惜的剪影

也是如此

就日益成熟，捕捉住人最传神的面貌，可惜我的生意却一天不如一天，有时在南部乡下，一天还不到十个人上门"。

作为一个剪影者，他最大的兴趣是在观察，早先是对人的观察，后来生意清淡了，他开始揣摩自然，剪花鸟树木，剪山光水色。"那不是和剪纸一样了吗？"我说。"剪影本来就是剪纸的一种，不同的是剪纸务求精细，色彩繁多，是中国的写实画；剪影务求精简，只有黑白两色，就像是写意了。"因为他夸说什么事物都可以剪影，我就请他剪一幅题名为"黑暗"的影子。

剪影者用黑纸和剪刀，剪了一个小小的上弦月和几粒闪耀的星星，他告诉我："本来，真正的黑暗是没有月亮和星星的，但是世间没有真正的黑暗，我们总可以在最角落的地方看到一线光明，如果没有光明，黑暗就不成其为黑暗了。"

我离开剪影者的时候，不禁反复地回味他说过的话。因为有光明的对照，黑暗才显得可怕，如果真是没有光明，黑暗又有什么可怕呢？问题是，一个人处在最黑暗的时刻，如何还能保有对光明的一片向往。

现在这张名为"黑暗"的剪影正摆在我的书桌上，星月疏疏淡淡地埋在黑纸里，好像很不在意似的，"光明"也许正是如此，并未为某一个特定的对象照耀，而是每一个有心人都可以追求。

后来我有几次到公园去，想找那一位剪影的人，却再也没有他的踪迹了，我知道他在某一个角落里继续过着漂泊的生活，捕捉光明或黑暗的人所显现的神采，也许他早就忘记曾经剪过我的影子，这丝毫不重要，重要的是我们在一个悠闲的下午相遇，而他用二十年的流浪告诉我："世间没有真正的黑暗。"即使无人顾惜的剪影也是如此。

蝴蝶的种子

我在院子里，观察一只蛹，如何变成蝴蝶。

那只蛹咬破了壳，全身湿软地从壳中钻了出来，它的翅膀卷曲皱缩成一团，它站在枝丫上休息晒太阳，好像钻出壳已经用了很大的力气。

它慢慢地、慢慢地，伸直翅膀，飞了起来。

它在空中盘桓了一下子，很快地找寻到一朵花，它停在花上，专注、忘情地吸着花蜜。

我感到非常吃惊，这只蝴蝶从来没有被教育怎么飞翔，从来没有学习过如何去吸花蜜，没有爸爸妈妈教过它，这些都是它的第一次，它的第一次就做得多么精确而完美呀！

我想到，这只蝴蝶将来还会交配、繁衍、产卵、死亡，这些也都不必经由学习和教育。

然后，它繁衍的子孙，一代一代，也不必教育和学习，就会飞翔和采花了。

一只蝴蝶是依赖什么来安排它的一生呢？未经教育与学习，它又是如何来完成像飞翔或采蜜如此复杂的事呢？

这个世界不是有很多未经教育与学习就完美展现的事吗？鸟的筑巢、蜘蛛的结网多么完美！孔雀想谈恋爱时，就开屏跳舞！云雀有了爱意，就放怀唱歌！天鹅和鲑鱼历经千里也不迷路；印度豹与鸵鸟天生就是赛跑高手。

这些都使我相信轮回是真实的。

一只蝴蝶乃是带着前世的种子投生到这个世界，在它的种子里，有一个不可动摇的信念：

"我将飞翔！我将采蜜！我将繁衍子孙！"

在那只美丽的蝴蝶身上，我看到空间的无限与时间的流动，深深地被感动了。

在那只美丽的蝴蝶身上
我看到空间的无限与时间的流动
深深地被感动了

走钢索与空中飞人

看俄罗斯马戏团，正在看空中飞人的时候，主持人突然宣布：

"主角为了答谢观众，将特别表演在空中三十米的凌空飞跃，这个动作太困难了，不一定会成功。"

满场六千多观众屏息以待，连原来喧腾的音乐也静止了。

空中飞人凌空飞跃，突然一个闪失，从高空笔直地落了下来。

哗……！

观众一起失声叹息，正为自己没有眼福欣赏高难度的飞跃而议论纷纷。

"为了不辜负观众的期待，我们的主角愿意再试一次。"主持人说。

观众意外惊喜，全拍红手掌，再度屏息、等待。

空中飞人凌空飞越，姿势美如一只巨鹰，精准地落在三十公尺外的秋千上。

全场响起如雷的掌声，音乐配的是贝多芬的《英雄交响曲》，英雄落在安全网上，翻了一圈，以最灿烂的微笑，迎接观众的掌声。

后来听在马戏团临时打工的学生说，那第一次试飞的失败是刻意安排的，以便引发观众的情绪，我知道了并没有受骗的感觉，反而觉得这失败的安排是符合人性的，那第一次的失败与第二次的成功，虽然只是表演，却是等值的。

失败，使成功显得更珍贵。

我们在实际的人生中亦然如此，许多屏息以待，只等到了失败，但有过失败的成功更值得喝彩与掌声。

在马戏团里走钢索的人和空中飞人，在上台表演之前，必然都有许多的失败，才会使他们设计出这样的表演吧！

他们的成就正是建立在"危险"和"失败"上，如果是在平地上表演就没有人要看了。

生命也像是在走钢索或凌空飞跃，在危险中锻炼了勇气，在失败中确立了坚强。

知　了

山上有一种蝉，叫声特别奇异，总是吱的一声向上拔高，沿着树木、云朵，拉高到难以形容的地步。然后，在长音的最后一节突然以低音"了"作结，戛然而止。倾听起来，活脱脱就是：

知——了！

知——了！

这是我第一次听到蝉如此清楚地叫着"知了"，终于让我知道"知了"这个词的形声与会意。从前，我一直以为蝉的幼虫名叫"蜘蟟"，长大蝉蜕之后就叫作"知了"了。

蝉，是这世间多么奇特的动物，它们的幼虫长住地下达一两年的时间，经过如此漫长的黑暗飞上枝头，却只有短短一两星期的生命。所以庄子在《逍遥游》里才会感慨："惠蛄不知春秋！"

蝉的叫声严格说起来，声量应该属噪声一类，因为声音既大又尖，有时可以越过山谷，说它优美也不优美，只有单节没有变化的长音。

但是，我们总喜欢听蝉，因为蝉声里充满了生命力、充满了飞上枝头之后对这个世界的咏叹。如果在夏日正盛，林中听万蝉齐鸣，会使我们心中荡漾，想要学蝉一样，站在山巅长啸。

蝉的一生与我们不是非常接近吗？我们大部分人把半生的光阴用在学习，渴望利用这种学习来获得成功，那种漫长匍匐的追求正如知了一样；一旦我们被世人看为成功，自足地在枝头欢唱，秋天已经来了。

孟浩然有一首写蝉的诗，中间有这样几句：

> 黄金然桂尽，
>
> 壮志逐年衰。
>
> 日夕凉风至，
>
> 闻蝉但益悲。

听蝉声鸣叫时，想起这首诗，就觉得"知了"两字中有更深的含义。

什么时候，我们才能一边在树上高歌，一边心里坦然明了，对自己说："知了，关于生命的实相，我明白了。"

东部的朋友来约我到阳明山往金山的阳金公路看秋天的芒花，说是在他生命的印象中，春天东部山谷的野百合与秋季阳金公路的菅芒花，是台湾最美丽的风景。

如今，东部山谷的野百合，因为山地的开发与环境的破坏已经不可再得，只剩下北台湾的菅芒花是唯一可以预约的美景。

他说："就像住在北国的人预约雪景一样，秋天的菅芒花是可以预约的雪呀！

我答应了朋友的邀约，想到两年前我们也曾经在凉风初起的秋天，与一些朋友到阳明山看芒花。

经过了两年，芒花有如预约，又与我们来人间会面，可是同看芒花的人，因为因缘的变迁离散，早就面目全非了。

一个朋友远离乡土，去到下雪的国度安居。

一个朋友患了幻听，经常在耳边听到幼年的驼铃。

一个朋友竟被稀有的百步蛇咬到，在鬼门关来回走了三趟。

约我看芒花的朋友结束了二十年的婚姻，重过单身汉无拘无束的生活。

我呢！最慈爱的妈妈病故，经历了离婚再婚，又在四十五岁有了第二个孩子。

才短短的两年，如果我们转头一看，回顾四周，两年是足以让所有的人都天旋地转的时间了，即使过着最平凡安稳生活的人，也不可能两年里都没有因缘的离散呀！即使是最无感冷漠的心，也不可能在两年里没有哭笑和波涛呀！

在我们的生命里，到底变是正常的，或者不变是正常的？

那围绕在窗前的溪水，是每一个刹那都在变化的，即使看起来不动的青山，也是随着季节在流变的。我们在心灵深处明知道生命不可能不变，可是在生活中又习惯于安逸不变，这就造成了人生的困局。

我们谁不是在少年时代就渴望这样的人生：爱情圆满，维持恒久；事业成功，平步青云；父母康健，天伦永在；妻贤子孝，家庭和乐；兄弟朋友，义薄云天……这是对于生命"常"的向往，但是在岁月的拖磨里，我们逐渐地看见隐藏在"常"的面具中，那闪烁不定的"变"的眼睛。我们仿佛纵身于大浪，虽然紧紧抱住生命的浮木，却一点儿也没有能力抵挡巨浪，随风波浮沉，也才逐渐了解到因缘的不可思议，生命的大部分都是不可预约的。

我们可以预约明年秋天山上的菅芒花开，但我们怎能预约菅芒花开时，我们的人生有什么变化呢？

我们也许可以预约得更远，例如来生的会面，但我们如何确知，在三生石上的，真是前世相约的精魂呢？

在我们的生命旅途，都曾有过开同学会的经验，也曾有过与十年二十年不见的朋友不期而遇的经验，当我们在两相凝望之时常会大为震惊，那是因为变化之大往往超过我们的预期。我每次在开同学会或与旧友重逢之后，心总会陷入一种可畏惧的茫然，我畏惧于生之流变巨大，也茫然于人之渺小无奈。

思绪随着茫然跌落，想着：如果能回到三十年前多好，生命没有考验，情爱没有风波，生活没有苦难，婚姻没有折磨，只有欢笑、狂歌、顾盼、舞蹈。

可是我也随之转念，真能回到三十年前，又走过三十年，不也是一样的变化，一样的苦难吗？除非我们让时空停格，岁月定影，然而这是完全不可能的。

深深去认识生命里的"常"与"变"，并因而生起悯恕之心，对生命的恒常有祝福之念，对生命的变化有宽容之心。进而对自身因缘的变化不悔不忧，对别人因素的变化无怨无忧，这才是我们人生的课题吧！

　　当然，因缘的"常"不见得是好的，因缘的"变"也不全是坏的，春日温暖的风使野百合绽放，秋天萧飒的风使菅芒花展颜，同是时空流变中美丽的定影、动人的停格，只看站在山头的人能不能全心投入，懂不懂得欣赏了。

　　在岁月，我们走过了许多春夏秋冬；在人生，我们走过了许多冷暖炎凉，我总相信，在更深更广处，我们一定要维持着美好的心、欣赏的心，就像是春天想到百合、秋天想到芒花，永远保持着预约的希望。

　　尚未看到芒花的此时，想到车子在米色苍茫的山径蜿蜒而上，芒花与从前的记忆美丽相叠，我的心也随着山路而蜿蜒了。

玫瑰与刺

在为玫瑰剪枝的时候，不小心被刺刺到，一滴血珠渗出拇指，鲜红的血，颜色和盛放的红玫瑰一模一样。

玫瑰为什么要有刺呢？我在心里疑惑着。

我一边吸着手指渗出的血珠，一边想着，这作为情侣们爱情象征的玫瑰，有刺，是不是也是一种象征呢？象征美好的爱情总要付出刺伤的代价。

把玫瑰插在花瓶，我本想将所有的刺刮去，但是并没有这样做，我想到，那流入玫瑰花的汁液，也同样流入它的刺，花与刺的本质原是一样的；就好像流入毛虫的血液与流入蝴蝶的血液也是一样的，我们不能只欣赏蝴蝶，不包容毛虫。

流在爱情里的血液也是一样呀！滋润了温柔的玫瑰花，也滋润了尖锐的棘刺；流出了欢喜与幸福，也流出了忧伤与悲痛；在闪动爱的泪光中，也闪动仇恨的绿光。

　　但是我始终相信，真正圆满纯粹的爱情，是没有任何怨恨的，就像我们爱玫瑰花，也可以承受它的刺，以及偶然的刺伤。

买了半山百合

在市场里，有个宜兰人，每隔几天来卖菜。

这个宜兰人像魔法师一样，长得滑稽而神气，他的菜篮里每次总会有几把野花，像鸡冠花、小菊花、圆仔花、大理花之类的。他告诉我，他在家附近采到什么花，就卖什么花。

他卖菜与一般菜贩无异，但卖花却有个性，不论大把小把，总是卖五十元，所以买的人有时觉得很便宜，有时觉得很贵。他不在乎，也不减价，理由是："卖菜是主业，要照一般的行情；卖花是副业，我想怎么卖就那样卖呀！爽就好！"

他卖花爱卖不卖的，加上采来的花比不上花店的花好看，有的极瘦小，有的被虫吃过，所以生意不佳，可怪的是，他宁可不卖，也不折价。有时候他的花好，我就全买了（不过才三四把），所以他常对我说："老板，你这个人阿莎力[1]，我真甲意[2]。"有时候花真的不好，我不买，他会兜起一把花追上来："嘿！送你啦！我这个人也阿莎力。"

久了以后，相熟了，我就叫他"阿莎力"，他颇乐，远远看到我就笑嘻嘻的，好像狄斯奈卡通《石中剑》里那个魔法师一样。

每年野姜花或百合花盛开的时候，阿莎力最开心，因为他的生意特别好。百合与野姜洁白、芬芳，都是讨人喜欢的花，又不畏虫害，即使是野生的也开得很美。那时，百合花就不只卖三四把了，他每天带来一人桶，清早就被抢光。他说，卖一桶花赚的钱胜过卖两担菜。"台北人也真是的，白菜一斤才卖二十块，又要杀价，又要讨葱，一束花五十块，也不杀价，一次买好几把，怕买不到似的。"然后他消遣我，"老板，你是台北人呀！还好你买菜不杀价，也不讨葱。"

今天路过阿莎力的摊子，看到有几束百合，比从前卖的百合瘦小，株条也不挺直，我说："阿莎力，你今天的百合怎么只有这些？"

"全卖给你好了，这是今年最后的野百合了，我把半座山的百合全摘来了。"

---

[1] 闽南语，干脆，豪爽之意。

[2] 闽南语，喜欢之意。

"半座山的百合？"

"是呀！百合的季节已经过了，我走了半个山只摘到这些，以后没有百合卖了。"

"半座山的百合，那剩下的半座山呢？"

"剩下的半座山是悬崖呀，老板！"阿莎力苦笑着说。

想到这是今年最后的百合，我就把他所有的百合全买下来，总共才花了三百元。回家的路上，我想，三百元就买下半座山的百合，十分不可思议。

我把百合插在花瓶里，晚上的时候，一个人静静地看那纯白的盛放的花朵。百合的喇叭形状仿佛在吹奏音乐一样，野百合的芳香最盛，特别是夜里心情沉静的时候，香气随着音乐在屋里流淌。

在山里的花，我最喜欢的就是百合了。从前家住山上，有四种花是遍地蔓生的，除了百合，还有野姜花、月桃花、牵牛花。野姜花的香气太艳，月桃花没有香气，牵牛花则朝开暮谢，过于软弱，只有百合是色香俱足，而且在大风的野地里也不会被摧折，花期又长。

从前的乡下人不时兴插花，因为光是吃饱都艰难，谁会想到插一瓶花呢？但不插花不表示不爱花，每当野花盛开的时节，我们时常跑到山坡上去寻找野花的踪迹。有些山坡开满了百合花，我们就会躺在百合花的白与白之间，山风使整个田园都有着清凉的香气，感觉我们

百合用它的白来告白
用它的香来宣示
用它的形状来吹奏
我们在山坡地那无忧的生活
也随百合的记忆流得远了

的心也像百合一般白了，并用白喇叭吹奏着高扬的音乐。然后想到"山上的百合也不纺纱，也不织布，但所罗门王皇冠上的宝石也比不上它"的句子，我们就不禁有陶醉之感了。

近年来，野百合好像也很少了，可能是山坡地被开发的缘故。只有几次到东部去，我在东澳、南澳、兰屿见到野百合遍地开的情景。自从流行插花，百合花就可以卖钱，野生的百合在未开之前便被齐根剪断，带到市场来卖。

瓶插在屋里的野百合花，虽然也像在坡地一样美、一样香，感受却大有不同了。屋里的百合再怎么美，也没有野地风中那样的昂扬，失去了那种生气盎然的姿势，好像……好像开得没有那么"阿莎力"了。

进口种植的百合花有各种颜色，黄的、红的、橙的，香气甚至比野生的更胜，但可能是童年印象的缘故，我总觉得百合花都应该是白色的，花形则最好是瘦瘦的、长长的。可是那土生土长的、有灵醒之白的百合，恐怕得要到另外半山的悬崖峭壁去看了。

今年的野百合花期已过，剩下的都是温室种植的百合了，这样一想，眼前这一盆百合使我生起一种深切的感怀。它是在预告一个春天的结束，用它的白来告白，用它的香来宣示，用它的形状来吹奏，我们在山坡地那无忧的生活也随百合的记忆流得远了。

夜里，坐在百合花前。香气弥漫，在屋里随风流转。想到半山的百合花都在我的屋子里，虽然开心，内心里还是有一种幽微的疼惜。

呀，不管怎么样，野百合还是开在山里好，野百合，还是开在山里的，好呀！

快乐地活在当下
尽心即是完美

第三辑

尽心当下
即是完美

快乐地活在当下

一心一境

一步千金

时到时担当

留一只眼睛看自己

快乐真平等

今天的落叶

月到天心

采更多雏菊

如果没有明天

秋天的心

报社的记者来访问，突然问起："林先生有什么座右铭呢？"

我的座右铭，通常用 3M 的便条纸写一些当日的注意事项，于是撕几张下来给记者小姐看：

"出去时，别忘了买苜蓿芽。"

"欠讲义的稿件，今日写。"

"缴房屋贷款。"

"帮亮言买毛笔。"

我说："你看，我有这么多的座右铭。"

记者笑起来："林先生真爱开玩笑，我是说真正的座右铭。"

"什么是真正的座右铭呢？"

"就是刻在心里，时时用来规范和激励自己的一句话。"

这倒使我陷入困境了，因为我并没有一个真正的座右铭，如果勉强说有，就是我时常拿来实践的一句话："快乐地活在当下。"

"活在当下"是禅宗的语言，是说人应该放下过去的烦恼、舍弃未来的忧思，把全副的精神用来承担眼前的这一刻。失去此刻就没有下一刻，不能珍惜今生也就无法向往来生了。

"活在当下"也就是"快乐来临的时候就享受快乐，痛苦来临的时候就迎向痛苦"，在黑暗与光明中，既不回避也不逃离，以坦然自然的态度来面对人生。

我把"活在当下"加了"快乐地"，是除了承担之外，希望有期许、有愿望、有好的心情，不只坦然和自然，还希望能扭转此时此刻的生活，使自己永葆喜悦之心。

这可以说是我的座右铭，因此欠的稿件，要欢喜地写；缴房屋贷款，要欣然地缴；苜蓿芽和毛笔，都要高兴地去买。

我的桌边依然贴着许多条子，只有"快乐地活在当下"不用张贴于座右，因为那正是我生命的态度。

一心一境

　　小时候我时常寄住在外祖母家，有许多表兄弟姐妹，每次相约饭后要一起去玩，吃饭时就不能安心，总是胡乱地扒到嘴里咽下，心里尽想着玩乐。

　　这时，外祖母就会用她的拐杖敲我们的头说："你们吃那么快，要去赴死吗？"

　　这句话令我一时呆住了，然后她就会慢条斯理地说："吃那么紧，怎么会知道一碗饭的滋味呀！"当时深记着外祖母的话，从此，吃饭便十分专心，总是好好吃了饭再出去玩。

　　从前不觉得这两句话有什么了不起的地方，长大以后，年岁日长愈感觉这两句寻常的话有至理在焉，这不正是禅宗祖师所说的"吃饭时吃饭，睡觉时睡觉"那种活在当下的精神吗？

　　"活在当下"看来是寻常言语，实际上是一种极为勇迈的精神，是把"过去"与"未来"做一截断，使心思处在一心一境的状态，一个人如果能每时每刻都处于一心一境，就没有什么困难能牵住他，也没有什么痛苦能动摇他了。

一心一境是疗治人生的波动、不安、痛苦、散乱最有效也最简易的方法，因为人的乐受与苦受虽是感觉真实，却是一种空相，若能安住于每一个当下，苦受就不那样苦，乐受也没有那么乐了。可惜的是，人往往是一心好几境（怀忧过去，恐慌未来），或一境生起好几种心（信念犹如江河，波动不止），久而久之，就被感受所欺瞒，不能超越了。

不能活在一心一境之中，那是由于世人往往重视结局，而不重视过程，很少人体验到一切的过程乃是与结局联结的。一个人如果不能在吃饭时品味米饭的香甜，又何以能深刻地品味人生呢？一个人若不能深入一碗饭，不知蓬莱米、在来米，甚至糯米的不同，又如何能在生命的苦乐中有更深切的认识？

因此吃饭、睡觉、喝茶，看来是人生小事，却能由一心一境在平凡中见出不凡，也就能以实践的态度契入生活，而得到自在。

曾经有人问一位禅师说："什么是解脱痛苦最好的法门？"

禅师说："在痛苦时就承受痛苦，在该死的时候就坦然地死，这便是解脱痛苦最好的法门。"

痛苦或死亡是人人所不愿见到或遇到的，但若不能深刻品味痛苦，何尝能知道平安喜乐的真滋味？若不能对死亡有所领会，又如何能珍惜活着的时候呢？

又有一位禅师问门人说："寒热来时往何处去？"

门人说："向无寒暑处去！"

禅师说："冷时冻死你，热时热死你！"

这世界原来并没有一个无寒暑的地方可以逃避生之恼，因此最好的方法是水里来、火里去，不避于寒热，寒热自然就莫可奈何了！这也是一心一境。时人的苦恼就是寒冷的时候怀念暑天，到了真正热的时节，又觉得能冷一些就好了。晴天的时候想着雨景之美，雨季来临时，又抱怨没有好的天色，因此，生命的真味就被蹉跎了。

一心一境是活在每一个眼前的时节，是承担正在遭受的变化不定的人生，那就像拿着铁锤吃核桃，核桃应声而裂，人生的核桃或有乏味之时，或有外表美好、内部朽坏的，但在每一个下锤的时节都能怀抱美好的期待。

当然，人的生命历程如果能像苏东坡所说的："无事以当贵，早寝以当富，安步以当车，晚食以当肉。"那是最好的情况。可惜在现代社会里几乎没有无事、早寝、安步、晚食的人了。因此如何学习以"一心一境"的态度生活，就变得益发可贵。

苏东坡在《春渚纪闻》里还说："处贫贱易，处富贵难。安劳苦易，安闲散难。忍痛易，忍痒难。人能安闲散，耐富贵，忍痒，真有道之士也。"这是苏东坡的至理名言，但我的看法有些不同，我觉得要处贫贱、安劳苦、忍痛苦都是一样难的，唯有一心一境的人，能贫富、劳闲、痛痒，皆一体观之，这才是真正的"有道"。

活在每一个过程，这是真正的解脱，也是真正的自在，"吃饭时吃饭，睡觉时睡觉"的禅语也可以说："痛苦时痛苦，快乐时快乐。"这使我想起元晓大师说的话，他说："纵使尽一切努力，也无法阻止一朵花的凋谢。因此在花凋谢时好好欣赏它的凋谢吧！"

人生的最大意义不在奔赴某一目的，而是在承担每个过程。有一次在报纸上看到汽车广告说："从零加速到一百公里，只要六秒钟！"这广告使我想起外祖母的话："你驶那么紧，要去赴死呀！"

活在苦中，活在乐里；活在盛放，也活在凋零；活在烦恼，也活在智慧；活在不安，也活在止息。这是面对苦难的生命最好的方法。

活在苦中
活在乐里
活在盛放
也活在凋零
活在烦恼
也活在智慧
活在不安
也活在止息
这是面对苦难的生命
最好的方法

一步千金

一个青年，二十岁的时候，就因为没有饭吃而饿死了。

他到了阎王爷的面前，阎王从生死簿上查出，这个青年应该有六十岁的年寿，他一生会有一千两黄金的福报，不应该这么年轻就饿死。

阎王心想："会不会是财神把这笔钱贪污掉了呢？"于是他把财神叫过来质问。

财神说："我看这个人命格里天生的文才不错，如果写文章一定会发达，所以把一千两黄金交给了文曲星了。"

阎王又把文曲星叫来问。

文曲星说："这个人虽然有文才，但是生性好动，恐怕不能在文章上发达，我看他武略也不错，如果走武行会较有前途，就把一千两黄金交给武曲星了。"

阎王再把武曲星叫来问。

武曲星说："这个人虽然文才武略都不错，却非常懒惰，我怕不论从文从武都不容易送给他一千两黄金，只好把黄金交给土地公了。"

阎王再把土地公叫来。

土地公说："这个人实在太懒了，我怕他拿不到黄金，所以把黄金埋在他父亲从前耕种的田地里，从家门口出来，如果挖一锄头就挖到黄金了。可惜，他的父亲死后，他从来没有挖过一锄头，就那样活活饿死了。"

最后，阎王判了"活该"，然后把一千两黄金缴库。

这是一个流行的民间故事，里面含有非常深刻的寓意：一个人拥有再大的福报和文才武略，如果不肯踏实勤劳地生活，都是无用的。

同时还有另一个寓意是：对于肯去实践的人，就是埋在最近之处的黄金也看不到啊！

其实，这是再简单不过的道理，从前农业社会的人很容易体会到，唯有实践才是唯一的真理，田里的作物是通过不断耕耘实践才一点一滴长成的。空想，或者理论不管多好，都无助于一粒米的成长。

到了现代社会，由于社会的多元，空想的人逐渐增多了，大家总是希望有什么空隙可以不劳而获，有什么方法可以一步登天，那些老老实实工作的人反而被看成傻瓜，只好继续安贫乐道了。

我认识许多在社会中老老实实过日子的人，他们既不知道股票为何物，也不懂得投资置产，时间久了，看到四周许许多多突然暴发的人，心里难免感到不平衡，由于不平衡，也就不安稳了。

例如，我们会听到某人一个晚上请一桌筵席就花了三十几万元。

例如，我们会听到某一个富豪请吃春酒，一请五百桌，数百万元一夜就请掉了。

例如，我们会听到某人包了一架飞机，请亲戚朋友到国外旅行，以炫耀自己的财力。

例如，我们会听到某人到酒店喝酒，放一叠千元大钞在桌上，凡是点烟的、送毛巾的、端盘子的，人人有份，一人赏一千元。

例如，我们会在报纸上看到，一些有钱的人吃完饭一起到赌场消遣，每个人身上都有几千万元。

在这个社会上，确实有许多人一夜的花天酒地所挥霍的金钱，正是那些勤劳工作的人一生所赚到的总和。而可笑的是，那些腰缠万贯的富豪，缴的所得税可能还少过一个职员。

不过，也不必感到悲伤，因为在时间这一点上，是很公平的。花天酒地是一夜，冥想静思也是一夜。花数十万元过一夜，在时间上与听音乐过一夜是平等的，而在心性的快乐与精神上的启发上，可能单纯平凡的日子更有益哩！使生命感受到丰盈的，不是欲望的扩张，而是心灵深处的触动；使生命焕发价值的，不是拥有多少财富，而是开发了多深的智慧；使人生充满意义的，不是对某一个目标的奔赴，而是每一步都得到心安与落实。

有钱是很好的，有心比有钱更好。

有黄金是很好的，情感有光芒比黄金更好。

有钻石是很好的，真实的爱比钻石更好。

重如千两的黄金是在生活的每一步里展现的，在眼前的一步，如果没有丰盈的心、细腻的情感、真实的爱，那么再多的黄金也只成为生命沉重的背负。

除了眼前这一步、当下这一念心，过去的繁华若梦，未来的渺如云烟，都是虚妄而不可把捉的呀！

时到时担当

在我的家乡有一句大家常用的俗语："时到时担当，没米就煮番薯汤。"这是一句乐观的、顺其自然的话，大约相当于国语里的"船到桥头自然直"，或是"兵来将挡，水来土掩"。

由于在家乡的时候听惯大人讲这句话，深深印在脑海，在我离开家乡以后，每次遇到阻碍或困厄时，这句话就悄悄爬出来。对了，时到时担当，没米就煮番薯汤，有什么大不了。这样想起来，心就安定下来，反而能自然地渡过阻难与困厄。

幼年时代，我常听父亲说这一句话，有一回就忍不住问父亲："没米就煮番薯汤，如果连番薯也没有了，怎么办？"

父亲习惯地拍拍我的后脑勺，大笑起来："憨囝仔！人讲天无绝人之路，年头不可能坏到连番薯都长不出来呀！"

确实也是如此，我们在农田长大的孩子虽然经历过许多的风灾、水灾、旱灾，甚至大规模的虫害，番薯大概是永远不受害的作物，只要种下去，没有不收成的。因此，在我们乡下的做田人，都会留出一小块地种番薯，平时摘叶子做青菜，收成时就把番薯堆在家里的眠床下，以备不时之需。在我成长的年月，我的床下一年四季都堆满番薯，每天妈妈生火做饭时抓两个丢进炉灶底的火灰里，饭熟了，热腾腾、香喷喷的焖番薯也好了。

即使是中日战争最激烈、逃空袭的那几年，番薯也没有一年歉收。

在我从前的经验里，年头真如父亲所言，不可能坏到连番薯都长不出来，推演出来，我们知道生活里有很多的挫败，只要能挺着，天就没有绝人之路。

后来我更知道了，像"时到时担当，没米就煮番薯汤"，心里的慰安比实际的生活来得重要。只要在困难里可以坦然地活下去，就没有走不通的路。因此如何使自己的心宽广乐观地应对生活，比汲汲营营地想过好日子来得重要，归根究底不是米或番薯的问题，而是心的态度罢了。

"时到时担当"不仅是台湾农民在生活中提炼的智慧，也非常吻合禅宗"当下即是"、"直下承担"的精神。此时此刻可以担当，就不必忧心往后的问题，因为彼时彼刻，我们也是如此承担。假如现在不能承担，对将来的忧心也都会无用而落空了。

禅的精神与生活实践的精神非常接近。我们乡下还有一句俗话：

"要做牛，免惊无犁可拖。"译成普通话的意思，是一个人只要肯吃苦，绝不怕没有工作，不怕不能生活。这往往是长辈用来安慰鼓励找不到工作的青年，肯把自己先放在最能承担的位置，那么还有什么可惊呢？

这句话也是令人动容的。牛马在乡下，永远是最艰苦承担的象征，不过，那最重的犁也只有牛马才能拖动。学佛者也是如此，只怕自己不能承担，何惧于无众生可度呢！这样想，就更能体会"欲为诸佛龙象，先做众生马"的深意了。

我们不能离开世间又想求得出离世间的智慧，因为"佛法在世间，不离世间觉，离世觅菩提，犹如求兔角"，我们要求最高的境界，只有从自己的生活、自己的周遭来承担、来觉悟才有可能。

佛法中有"当位即妙"、"当相即道"的说法。所谓"当位即妙"，是不论何事，其位皆妙，就像良医所观，毒有毒之妙，药有药之妙。所谓"当相即道"，是说世间浅近的事相，都有深妙的道理——世间凡事都有密意，即事而真，就看我们有没有智慧了。

"时到时担当，没米就煮番薯汤。"也应该作如是观，真到没有米必须吃番薯汤的时候，是不是也能无怨，品出番薯也有番薯的芳香，那才是真正的承担。

留一只眼睛看自己

日本历史上产生过两位伟大的剑手，一位是宫本武藏，一位是柳生又寿郎，这两位的传记都曾经在台湾地区出版，风靡过一阵子。柳生又寿郎是宫本武藏的徒弟，关于他们的故事很多，我最喜欢其中的一则。

柳生又寿郎的父亲也是一名剑手，由于柳生少年荒嬉，不肯受父教专心练剑，被父亲逐出了家门，柳生于是独自跑到一座荒山去见当时最负盛名的剑手宫本武藏，发誓要成为一名伟大的剑手。

拜见了宫本武藏，柳生热切地问道："假如我努力学习，需要多少年才能成为一流的剑手？"

武藏说："你全部的余年！"

"我不能等那么久，"柳生更急切地说，"只要你肯教我，我愿意下任何苦功去达到目的，甚至当你的仆人跟随你，那需要多久的时间？"

"那，也许需要十年。"宫本武藏说。

柳生更急了，"呀！家父年事已高，我要他生前就看见我成为一流的剑手，十年太久了，如果我加倍努力学习，需时多久？"

"嗯，那也许要三十年。"武藏缓缓地说。

柳生急得都要哭出来了，说："如果我不惜任何苦功，夜以继日地练剑，需要多久的时间？"

"嗯，那也许可能要七十年。"武藏说，"或者这辈子再没希望成为剑手了。"

柳生的心里纠结着一个大的疑团："这怎么说呀？为什么我愈努力，成为第一流剑手时间就愈长呢？"

"你的两只眼睛都盯着第一流的剑手，哪里还有眼睛看你自己呢？"武藏平和地说，"第一流的剑手的先决条件，就是永远保留一只眼睛看自己。"

柳生于是拜在宫本武藏的门下，并做了师父的仆人。武藏给他的第一个教导是：不但不准谈论剑术，连剑也不准碰一下。只要努力地做饭、洗碗、铺床、打扫庭院就好了。

三年的时光就这样过去了，他仍然做这些粗贱的苦役，对自己发愿要学习的剑艺一点儿开始的迹象都没有，他不禁对前途感到烦恼，做事也不能专心了。

三年后有一天，宫本武藏悄悄蹑近他的背后，给他重重一击。

第二天，正当柳生忙着煮饭，武藏又出其不意地给了致命的扑击。

从此以后，无论白天或晚上，他都随时随地预防突如其来的袭击，二十四小时中若稍有不慎，便会被打得昏倒在地。

过了几年，他终于深悟"留一只眼睛看自己"的真谛，可以一边生活一边预防突来的剑击，这时，宫本武藏开始教他剑术，不到十年，柳生成为全日本最精湛的剑手，也是历史上唯一与宫本武藏齐名的一流武士。

这个故事里隐含了很深刻的禅意，禅者不应把禅放在生活之外，犹如剑手不应把剑术当成特别的东西。剑手在行住坐卧都可能遇到敌人的扑击，禅者也是一样，要随时面对生活、烦恼、困顿的扑击，他们表面安住不动，心中却是活泼灵醒能有所对应，那是由于"永远保留了一只眼睛看自己"呀！

武士为什么要保留一只眼睛看自己呢？

因为武士的敌手是不确定的，在不对战的时候，他面对的不是敌人，而是自己，剑术不是独自存在的，而是自己的延伸。

虽然大部分的武士都花了很多年时间练了几百种招式，但在决斗的时候是没有时间思考招式的，只能用心去对应，不能驾驭自己的心，只记得招式的武士，是不可能得胜的。

因此，武士的心要保持流动的状态，不可停滞在固定的招数，因为对手的出击是不可预测的，当一个武士的心停在固定的招式，接下来就是死。

对禅者也是如此，我们生命面对的苦恼不是我们的敌人，而是自己的延伸，应该透过烦恼来认识自我；我们可能遍学一切法门，但必须深入某些法门，来对应生命的决斗；我们应该"无所住而生其心"，因为生活不能如预期，无常也不可预测，如果我们的心执着停滞了，那就是死路一条。

这些训练的开端就是"留一只眼睛看自己"呀！

快乐真平等

有一个社团来请我演讲，令我感到意外的是，这社团参加的人至少都拥有上亿的财富。

我从来没有为这么有身价的人演讲过，便询问来联络的人："这些有财富的人要知道什么呢？"

"因为他们拥有太多的财富，有一些人已经失去快乐的能力！"

"怎么会呢？有钱不是很好的事吗？"我感到疑惑，可能是我从未想象有那么多财富，因而无从理解。

"会呀！一般人如果多赚一万元会快乐，对有十亿财产的人，多赚一百万也不及那样快乐。有钱人吃也不快乐，因为什么都吃过了，不觉得有什么特别好吃。穿也不快乐，买昂贵衣服太简单，不觉得穿新衣值得惊喜。甚至买汽车、买房子、买古董都是举手之劳，也没有喜乐了。钱到最后只是一串数字，已经引不起任何的心跳了。"

不只如此，这位有钱人的秘书表示，富有的人由于长时间的养尊处优，吃过于精致的食物，缺乏体力劳动，健康普遍都亮起黄灯和红灯，高血压、心脏病、糖尿病者比比皆是。

他说："林先生，到底有什么方法可以让有钱的人也得到快乐，拥有健康的身心呢？"

这倒使我困惑了，这世界上似乎有许多的药方，以及祖传的秘方，却没有一种是来治愈不快乐的，如果有人发明了这种秘方，他可能很快变成富有的人，连自己都会因财富而失去快乐的能力了。

我时常觉得，这世界在最究竟的根源一定是非常公平的，这不只是由于因果观点，而是一个人在一生中所能享有的福气有限，一旦在某方面有所得，在另一方面必然会有所失。虽然一个人也可能又有财富，又有权势，又有名声，又有健康，又有娇妻美眷，又能快乐无忧，但这种人千万不得一，大部分人都是站在跷跷板上，一边上来，另一边就下去了。

对于富人的问题，宋代思想家林逋在《省心录》中说："安乐有致死之道，忧患为养生之本。"又说："心可逸，形不可不劳；道可乐，身不可不忧。"意思是在生活上适度地欠缺，其实是好的，适度地劳动或忧患，不仅对人的身心有益，也才能体会到幸福的可贵。《左传》里说得更清楚："善人富谓之赏，淫人富谓之殃。"（和

善清净的人富有了，是上天的奖赏；纵欲淫邪的人富有了，正是灾祸的开始）

清朝的魏源在《默觚下》中说："不幸福，斯无祸；不患得，斯无失；不求荣，斯无辱；不干誉，斯无毁。"对得失与代价的关系说得真好。生活的喜乐也是如此，想想幼年时代物资缺乏严重，不管吃什么都好吃，穿什么新衣都开心，换了一床新棉被可以连续做一个月的好梦——事实上，在最欠缺的时候，一丝丝小小的得，也就有无限的幸福；什么都不缺的时候，却是幸福薄似纱翼的时候呀！

我很喜欢李商隐的两句诗："欲就麻姑买沧海，一杯春露冷如冰。"（我想从麻姑仙子那里把沧海买下来，没想到她的沧海只剩下一杯冰冷的春露。）我们在人生历程的追求不也如此吗？财富、名位都只是一杯冰冷的春露！

但富人不是不能快乐，只要回到平凡的生活，不被财富遮蔽眼睛，发掘出人的真价值，多劳作、多流汗；培养智慧的胸怀，不失去真爱与热情，则人生犹大有可为，因为比财富珍贵的事物多得是。

如果埋身于财富，不能解脱，那么"末大必折，尾大不掉"（树枝末梢太粗大，树干一定折断；动物的尾巴太大了，就不能自由地摇动了。语出《左传》）。如何能有快乐之日？心里不自由，身体自然难以健康了。

不过，我对富者的建议，可能是不切实际的，因为我不是富人，无从知悉他们的烦恼。

假如富人也还是人，我的意见就会有用了。站在人本的立场，这世间的快乐和痛苦还真平等呢！

小时候，家后面有一大片树林，起风的时候，林中的树叶随风飘飞，有时会飞入厅堂和灶间。

因此，爸爸规定我们，上学之前要先去树林扫落叶，扫干净了，才可以去上学。

天刚亮的时刻起床扫落叶，是一件苦事，特别是在秋冬之际，林间的树木好像互相约定似的，总是不停地有叶子落下来。

我们农家的孩子，一向不敢抱怨爸爸的规定，但要清晨扫地，心里还是有怨的，只能用脸上的表情来表达。

有一天，爸爸正要下田工作，看到我们"面傲面臭"的样子，就把我们通通叫过去，说："扫地扫得这么艰苦，来！爸爸教你们一个简单的方法，以后扫地之前先把树摇一摇，把明天的叶子先摇下来，两天扫一次就好了。"

我们一听，兴奋得不得了，对呀！这么棒的想法，我们怎么从来没有想过呢？我说："爸！这么赞的方法，怎么不早说呢？"

爸爸面露微笑，扛着他的长扫刀到香蕉园去了。

第二天，我们起得比平常更早，扫地之前先去摇树，希望把明天的叶子先摇下来，摇到一大半已经满头大汗，才发现原来摇树比扫地更累，特别是要把第二天的叶子摇落，真是不简单。

当我们树也摇好了，地也扫干净了，正坐在庭院里休息时，一阵风吹来，叶子又纷纷掉落，这使我们感到非常惊异：奇怪！这样的事情怎么会发生呢？

坐在一旁的哥哥说："可能是摇得力气太小的关系，明天我们更用力来摇。"弟弟说："是呀，是呀！最好把后天的也摇下来。"我说："如果能把七天的叶子一起摇下来，那我们一星期扫一次就好了。"

第三天，我们起得更早、更用力地摇树，希望把七天的树叶都摇下来，我们就会过着幸福快乐的日子了。

非常奇怪的是，不论我们用多大的力量摇树，第二天的树叶也不会在今天落下来，爸爸看见我们苦恼的样子，才安慰我们说："憨团仔，一天把一天的工作做好，工作才会实在，想要一天做两天的工作，是在奢想呀！"

原来，在树林里并没有"明天的树叶"可扫，虽然，明天的树叶一定会落下来，今天能把今天的树叶扫完，也就好了。

　　童年扫落叶的经验给我很好的启示，我们生活中所面临的一切不也是这样吗？未来虽然有远大的梦想，活在当下、活在此刻、活在今天，才是生命实在的态度。

　　树林里的落叶，要在今天扫干净，明天自有明天的落叶，不必烦忧。

　　心灵里的烦恼、悲哀、苦痛，要在今天做个了结，明日自有明日的痛苦，就让明天的肩膀来承担吧！

树林里的落叶
要在今天扫干净
明天自有明天的落叶
不必烦忧

月 到 天 心

二十多年前的乡下没有路灯，夜里穿过田野要回到家里，差不多是摸黑的，平常时日，都是借着微明的天光，摸索着回家。

偶尔有星星，就亮了很多，感觉到心里也有星星的光明。

如果是有月亮的时候，心里就整个沉定下来，丝毫没有了黑夜的恐惧。在南台湾，尤其是夏夜，月亮的光格外有辉煌的光明，能使整条山路都清清楚楚地延展出来。

乡下的月光是很难形容的，它不像太阳的投影是从外面来，它的光明犹如从草树、从街路、从花叶，乃至从屋檐、墙垣内部微微地渗出，有时会误以为万事万物的本身有着自在的光明。假如夜深有雾，到处都弥漫着清气，当萤火虫成群飞过，仿佛是月光所掉落出来的精灵。

每一种月光下的事物都有了光明，真是好！

更好的是，在月光底下，我们也觉得自己心里有着月亮、有着光明，那光明虽不如阳光温暖，却是清凉的，从头顶的头发到脚尖的指甲都感受到月的清凉。

走一段路，抬起头来，月亮总是跟着我们，照着我们。在童年的岁月里，我们心目中的月亮有一种亲切的生命，就如同有人提灯为我们引路一样。我们在路上，月在路上；我们在山顶，月在山顶；我们在江边，月在江中；我们回到家里，月正好在家屋门前。

直至如今，童年看月的景象，以及月光下的乡村都还历历如绘。但对于月之随人却带着一些迷思，月亮永远跟随我们，到底是错觉还是真实的呢？可以说它既是错觉，也是真实。由于我们知道月亮只有一个，人人却都认为月亮跟随自己，这是错觉；但当月亮伴随我们时，我们感觉到月是唯一的，只为我照耀，这是真实。

长大以后才知道，真正的事实是，每一个人心中有一片月，它是独一无二、光明湛然的，当月亮照耀我们时，它反映着月光，感觉天上的月也是心中的月。在这个世界上，每个人心里都有月亮埋藏，只是自己不知罢了。只有极少数的人，在黑暗的时刻，仍然放散月的光明，那是知觉到自己就是月亮的人。

这是为什么禅宗把直指人心称为"指月"，指着天上的月教人看，见了月就应忘指；教化人心里都有月的光明，光明显现时就应舍弃教化。无非是标明了人心之月与天边之月是相应的、包容的，所以才说"千江有水千江月，万里无云万里天"，即使江水千条，条条里都有一轮明月。从前读过许多诵月的诗，有一些颇能说出"心中之月"的境界，例如王阳明的《蔽月山房》：

> 山近月远觉月小，便道此山大于月。
>
> 若人有眼大如天，当见山高月更阔。

确实，如果我们能把心眼放开到天一样大，月不就在其中吗？只是一般人心眼小，看起来山就大于月亮了。

还有一首是宋朝理学家邵雍写的《清夜吟》：

> 月到天心处，风来水面时。
>
> 一般清意味，料得少人知。

月到天心，风来水面，都有着清凉明净的意味，只有微细的心情才能体会，一般人是不能知道的。

我们看月，如果只看到天上之月，没有见到心灵之月，则月亮只是极短暂的偶遇，哪里谈得上什么永恒之美呢？

所以回到自己，让自己光明吧！

月到天心处
风来水面时
一般清意味
料得少人知

采更多雏菊

不可以一朝风月，

昧却万古长空；

不可以万古长空，

不明一朝风月。

——善能禅师

有一个八十五岁的年老的女人被问道："如果你必须再来一次，你要怎么生活？"

那个老女人说："如果我能够再活一次，下一次我一定对更少的事情采取严肃的态度，我一定要放松，我一定要使自己更柔软灵活，我一定敢去犯更多的错误，我一定要冒更多的险，我一定要做更多的旅行，我一定要爬更多的山，渡更多的河，我一定要吃更多的冰激凌，吃更少的豆子……"

"我是一个去到每一个地方都要带温度计、热水瓶、雨衣和降落伞的人，如果我可以再来一次，我一定要比这一生携带更轻的装备旅行……"

"我是一个每天、每小时都过得很明智、很理性的人。我只享受过某些片刻，如果我要再来一遍，我一定享受更多的片刻，我一定不要其他什么东西，只要尝试那些片刻，一个接一个，而不要每天都活在未来的几年之后。"

"如果我必须再活一次，我一定要在更初春就开始打赤脚，然后一直维持到深秋。我一定要跳更多的舞，我一定要坐更多的旋转木马，我一定要摘更多的雏菊。"

这是印度修行者奥修在《般若心经》里讲的一个故事，接着他做了这样的评述："尽可能尽心地去过这个片刻，不要太理智，因为太理智导致不正常，让一些疯狂存在你心里，那会给予你生命热情，使生活更加充满朝气，让一些无理性一直存在，那会使你能够游戏，使你能够有游戏的心情，那会帮你放松，一个理智的人完全停留在头脑里，他没有办法从头脑下来，他生活在楼顶上。你要到处都能生活，这是你的家，楼顶上，很好！一楼，非常好！地下室，也很美！到处都能生活，这是你的家。我要告诉这个年老的女人：不要等到下一次，因为下一次永远不会来临，因为你会丧失前世的记忆，同样的事情又会再度发生。"

我们在生活里通常会遇到类似的问题："如果你再活一次！""如果再从头开始！"大部分人的经验都是充满遗憾的，希望下一生能够弥补（如果真有下一生的话），极乐世界或者天堂正因为这种弥补而得以形成。只有极少数人知道，下一世是渺茫的寄托，不如从此刻做起。这些人使我们知道世界有更活泼的风景，我就认识好几位到了老年才立志做艺术家的；我也认识几位七十岁才到小学读补校的老人。

最近，我遇到一位七十五岁的老人，他热爱旅行，他的朋友时常劝阻他，因为担心他会死在路上，他说："死在路上也是很好的事。"不久前，他到大陆旅行，生了一场大病，上吐下泻，别人又劝告他，他说："陌生的旅途，总有不可预料的事，在那里生病总比没去过好！"

每次看到这样用心生活在当下的人，都使我有甚深的感悟。

我们的生命是由许多片刻组成的，但是我们容易在青少年时代活在未来，在中老年时代沦陷于过去。真正融入片刻，天真无伪生活的只有童年时代了。禅者的生活无他，只是保持在片刻的融入罢了，活在当下，活在眼前，活在现成的世界。

因此，我们对生命如果还有未完成的期盼，此刻就要去融入它，不要寄希望于渺茫的来生，活在一个又一个的片刻里，到死前都保有向前的姿势，只要完全融入一个纯粹天真的片刻，那也就够了。有很多人活在过去与未来的交错、预期、烦恼之中，从来没有进入过那个

不可以一朝风月

昧却万古长空

不可以万古长空

不明一朝风月

片刻呢！

我们来看奥修在片刻上怎么说："你不要等到下次，抓住这个片刻，这是唯一存在的时间，没有其他时间。即便你是八十五岁，你也可以开始生活，当你是八十五岁，你还会有什么损失吗？如果你春天打赤脚在沙滩上，如果你搜集雏菊，即使你死于那些事，也没什么不对。打赤脚死在沙滩上是正确的死法，为搜集雏菊而死是正确的死法，不管你是八十五岁或十五岁都没有关系，抓住这个片刻！"

如果没有明天

　　我到一个朋友家里，看见他书房的架子上摆着十几册精装的日记本，立时令我肃然起敬，我一向赞佩那些有毅力和恒心写日记的人，于是对朋友赞美说：

　　"没想到你写了十几年日记呀！"

　　他很害羞地笑着说："这么多的日记本，没有一本写超过七天的！"

　　"怎么会呢？"

　　朋友告诉我，他在少年时代读一些伟人传记，发现许多伟大人物都有写日记的习惯，他便在心里想：虽然不一定成为伟大人物，也要养成写日记的习惯。因此到书局去挑一本印刷精美的日记，写将起来，第一年只写了七天，就没有再往下写了。

　　原因呢？

　　朋友说："说太忙，实在是一种借口。其实，是觉得生活这样单调、空洞、乏味，每天都在重复着，到底还有什么好写呢？从前不写日记，不知道生活如此单调，开始写日记时才发现了。"

第一年没有写成日记的朋友，内心非常懊悔，因而发誓第二年再买一本来写，第二年只写了五天，后来每况愈下，最近这几年，一到过年的时候，到书店去买一本精装的日记，聊表纪念，摆在书架上，偶尔看起来，想到从前也曾是一个立志想要写日记的人。

告辞朋友出来，走在严冬寒冷的夜街上，使我非常感慨，常觉得生活单调、空洞、乏味的恐怕不只是我的朋友吧！特别是生活在都市，忙碌旋转着的人，我们每天打开行程表几乎都排得满满的，到东边转转，到西边转转，等到转回家时，通常筋疲力尽，没有深思的力气了，随着外在事物转动着的人，如何能看到生活的不同呢？

其实，日子怎么会每天一样？我们今天比昨天成长一些，今天比昨天更接近死亡一步，今天比昨天多看了一天世界，怎么会一样？世界也是日日不同的，有时会有飞机撞山，有时会有坦克压人，有时地震灾变，有时冰雪凌人，甚至就在短短的几天，有几个政府被推翻而改变了，日子怎么会一样呢？

感到日子没有变化，可能是来自生活的不能专注、不肯承担，因此就会失去对今天、甚至当时当刻的把握了，可悲的是，不能专注把握此刻的人，也肯定是不能把握将来的。

有一次，我在市场买甘蔗，卖甘蔗的人看来是充满智慧的人，他边削甘蔗边对我说："这个世界什么都可能发生，光说一个死好了，我这把年纪亲眼看见的就有很多大家觉得不可能的事，我看见过人笑死的，狂欢大笑，下一声笑不上来，就断气了。我也看过人哭死的，躺在地上哭，哭着哭着没有声音了，伸手去摸，心脏已经停止了。我看过父亲开车碾死儿子的，也看过儿子用车撞死父亲的。我看过打麻将自摸死的，也看过打麻将被别人和了气死的……"

老人说得起劲，旁边的人听得都笑了，他突然严肃地说："不要笑，人生的变化是莫测的，各位看我在这里削甘蔗，说说笑笑，说不定今天晚上我回家躺下来睡觉，明天就起不来了。"

人群里突然冒出一个声音："既然不知道明天能不能起来，今天又何必来卖甘蔗呢？"

"呀！少年家，你有没有听过'一日不作，一日不食'吗？就是明知明天不能再活在这个世间，今天也要好好地削甘蔗，如果没有明天，难道我们就要躺着等死吗？"

这段话说得让人肃然起敬，只有今天能专注、努力、好好削甘蔗的人，才能尝到生命中真实的甜蜜吧！写日记也是如此，它是在训练培养我们对此时此地的注视，若不是这样深入的注视，日记只是语言的陈述，有什么意思呢？

有一位和尚去问赵州禅师：

"师父，什么是你最重要的一句格言？"

赵州说："我连半句格言也没有，不要说一句了。"

和尚又问："你不是在这里做方丈吗？"

赵州立刻说："是呀！做方丈的是我，不是格言。"

这使我们体会真正的生命风格，是对现今的专注，而不是去描述它。

有一位和尚去问百丈怀海禅师：

"师父，世界上最奇妙的事是什么？"

百丈说："那就是我独坐在大雄峰上。"

真的很奇妙，每个人都独坐在大雄峰上，只是很少人看见或体验这种奇妙。

如果我在这世上没有明天，这是禅者的用心，一个人唯有放下现在心、过去心、未来心，才会有真切的承担呀！

秋天的心

我喜欢《唐子西语录》中的两句诗：

山僧不解数甲子，一叶落知天下秋。

这是说山上的和尚不知道如何计算甲子日历，只知道观察自然，看到一片树叶落下就知道天下都已经是秋天了。从前读贾岛的诗，有"秋风吹渭水，落叶满长安"之句，对秋天萧瑟的景象颇有感触，但说到气派悠闲，就不如"一叶落知天下秋"了。

现代都市人正好相反，可以说是"落叶满天不知秋，世人只会数甲子"。对现代人而言，时间观念只剩下日历，有时日历犹不足以形容，而是只剩下钟表了，谁会去管是什么日子呢？

三百多年前，当汉人到台湾来垦殖移民的时候，发现台湾的平埔族山胞非但没有日历，甚至没有年岁，不能分辨四时，而是以山上的刺桐花开为一度，过着逍遥自在的生活。初到的汉人想当然的感慨其"文化"落后，逐渐同化了平埔族。到今天，平埔族快要成为历史名词了，他们有了年岁、知道四时，可是平埔族后裔，有很多已经不知道什么是刺桐花了。

对岁月的感知变化由立体到平面可以如此迅速，宁不令人兴叹？以现代人为例，在农业社会，我们还深刻知道天气、岁时、植物、种作等变化是和人密切结合的，但是，商业形态改变了我们，春天是朝九晚五，冬天也是朝九晚五，晴天和雨天已经没有任何差别了。这虽使人离开了"看天吃饭"的阴影，却也多少让人失去了感时忧国的情怀和胸怀天下的襟抱了。

记得住在乡下的时候，大厅墙壁上总挂着一册农民历。大人要办事，大至播种耕耘、搬家嫁娶，小至安床沐浴、立券交易都会看农民历。因此，到了年尾，一本农民历差不多翻烂了，这使我从小对农民历书就有一种特别亲切的感情。

一直到现在，我还保持着看农民历的习惯，觉得读农民历是快乐的事。就看秋天吧，从立秋、处暑、白露到秋分、寒露、霜降，都是美极了，那清晨田野中白色的露珠，黄昏林园里清黄的落叶，不都是在说秋天吗？所以，虽然时光不再，我们都不应该失去农民那种在自然中安身立命的心情。

山僧不解数甲子
一叶落知天下秋

城市不是没有秋天，如果我们静下心来就会知道：本来从东南方吹来的风，现在转到北方了；早晚气候的寒凉，就如同北地里的霜降；早晨的旭日与黄昏的彩霞，都与春天时大有不同了。变化最大的是天空和云彩，在夏日明亮的天空，渐渐地加深蓝色的调子，云更高、更白，飘动的时候仿佛带着轻微的风。每天我走到阳台，抬头看天空，知道这是真正的秋天，是童年田园记忆中的那个秋天，是平埔族刺桐花开的那个秋天，也是唐朝山僧在山上见到落叶的那个秋天。

　　如若能感知天下，能与落叶飞花同呼吸，能保有在自然中谦卑的心情，就是住在最热闹的城市，秋天也永远不会远去，如果眼里只有手表、金钱、工作，即使在路上被落叶击中，也见不到秋天的美。

　　秋天的美多少带点儿萧瑟之意，就像宋人吴文英写的词："何处合成愁，离人心上秋"，一般人认为秋天的心情会有些愁恼肃杀，其实，秋天是禾熟的季节，何尝没有清朗圆满的启示呢？

　　我也喜欢韦应物一首秋天的诗：

　　　　今朝郡斋冷，忽念山中客。

　　　　涧底束荆薪，归来煮白石。

　　　　欲持一瓢酒，远慰风雨夕。

落叶满空山，何处寻行迹？

在这风云滔滔的人世，就是秋天如此美丽清明的季节，要在空山的落叶中寻找朋友的足迹是多么困难！但是，即使在红砖道上，淹没在人潮车流之中，要找自己的足迹，更是艰辛呀！！

诸优戏场中
一贵复一贱
心知本相同
所以无欣怨

第四辑

人生有梦
当不惑

失去心更宽

在通化街散步，偶然遇到一位从前的内阁阁员，站在香肠摊前，排队买香肠。

我以为自己眼花，向前看个仔细，并打了招呼，才确定真是从前权倾一时的部长。

部长从前与我相熟，我于是陪他在香肠摊前，候烤好的香肠。更令我意外的事，部长泰然自若，一点儿也没有失意和失落的样子。这位拥有美国法学博士学位的部长，说他自从离开政坛，回到学校教书，生活回归平淡，反而过得比从前快乐得多。

他说："拥有权势，能呼风唤雨，让别人侍候，当然是很过瘾，但快乐却谈不上。可是坐在那个位子的时候，如果叫你自己下台，是很困难的；还好有政党轮替，让我不得不下台。一开始当然事事不习惯，因为当了十年部长以后，大部分人都成了生活白痴；习惯之后，深入生活，就知道放下实在比背着重负快乐得多。"

"从前，我绝对不会一个人跑来买香肠；今天突然想到这家的香肠很美味，就跑来买条香肠，还好是被你看见，一般人看见，还以为我是多么落魄潦倒呢！"

部长终于买到香肠，我也继续散我的步。他放下的快乐也感染了我，使我想起现在还在台面上的部长们，他们都是两眼无神，精神疲惫，一方面实在是他们的政务真的繁忙，一方面是几乎所有的部长能力都不足以堪负他们的职务，就像一只小寄居蟹突然钻入了不成比例的大壳，其疲累是可以想见的。

因此，政权转移对政治人物实在是一大福音，最好是每隔一段时间就彻底地来一次，让那些劳苦担重担的人得到休息；让那些背负重担的人得以放下；让那些长期在一条小巷奔跑的人，到一条没有轨道的草原跑跑；让那些观念僵化、思想窄小的人，人生、观点、未来都得到开展。

失去的时候正是人生的契机

"失去"并不可怕，失去的时候正是人生的契机与转机，自由自在、快乐幸福正是从失去的那一刻开始！

"获得"也非可喜，意味的可能是责任加重、烦恼增加、情感狭窄、时间减少、恐慌加倍……试想想，一个只能任科长的才调，却当了县长；才具犹不堪县长的，却当了部长；当部长都不行的，却任了院长；

任院长犹左支右绌的，却选上了总统；不要说旁边的人捏一把冷汗，就连自己也会觉得是可怕的事呀！

政治的权势如此，名利的追求亦然，情感婚姻也是如此。得有得的悲，失有失的喜，只有站在更高远的地方，才能看到这种悲喜；只有上台下台都经过，才能体会到这种悲喜。

能观悲喜，有觉悟的心，获得与失去都是很好。

不能观照，执迷于外相，得到与失去都是不幸。

莎士比亚说：

世界是一个舞台，

男男女女都只是演员。

他们有进场，有退场；

一个人一生中也要扮演许多角色。

王安石说：

诸优戏场中，一贵复一贱。

心知本相同，所以无欣怨。

那些舞台上演出的演员，在上台下台、进场退场的时候，有时扮演富贵、有时扮演贫贱，他们不会特别快乐，也不会感到痛苦；那是因为他们不管穿什么衣服、演什么角色，都自己知道是同一个人在演出。

演员不会欣怨，比较悲哀的是，上了台不肯下台的人，演皇帝忘了自己是贫士的人，上台欢喜不已下台痛苦不堪的人！

这样看来，人生的失去有一半是好事。

快速，更快速的政党轮替，对官员是好事，对人民更是好事！

有生命力的所在

南部的朋友来台北过暑假，我带他去看台北两处非常有生命力的地方。

我们先去士林夜市，士林的夜市热闹非凡，有如一锅滚热的汤，只有台语"强强滚"差可形容。

二十年来，我去过无数次的士林夜市，但永远搞不清楚它到底有多大，只是感觉它的范围不断在扩大，并且永远有新的摊贩到夜市里来。唯一不变的是，只要到士林夜市就可以看见很多在生活中努力的人，夜市的摊贩不论冬夏都在为生活打拼。

我看到卖炒花枝的三个女人，脚上都穿着爱迪达的跑鞋，她们一天卖出的炒花枝是无法计数的，一锅数十碗的花枝，总是一眨眼就卖光了。

我看到卖果汁的一对夫妇，两个人照顾七台果汁机，左手在打木瓜牛奶，右手却在倒西瓜汁，不论来了多少客人，他们总是一样准确、快速、有效率。

我看到卖铁板烧的人，脖子上缠着毛巾，汗水仍从毛巾流到胸前，实在是太热了，他每做一轮的铁板烧，就跑到水龙头去以冷水淋身，来消去暑气。

朋友问我说："听说士林夜市的摊贩都是戴劳力士金表，开宾士轿车来卖小吃，既然那么有钱，又何须出来摆摊呢？"

我说："有钱而能坐下来享受，是很好的事。但有钱还能不享受，依然努力工作，才是更了不起的。"

大概是士林夜市中澎湃的生命力确能带给人启示吧！像如此焕热的暑天，气温在三十五度以上，还是有很多人走出冷气房，到夜市里来逛。

接着，我带朋友到忠孝东路去逛地摊。不知道从什么时候开始，忠孝东路两边的人行道，每到百货公司打烊之后，就形成一个市集，从延吉街开始一直排到复兴南路，全部都是铺在地上的地摊。

这些摊贩有几个特色，一是摆东西的布巾，大约只有两个桌面大，非常简单轻便。放在布巾上的东西，样样都是整整齐齐的，与一般传统地摊堆成一团的样子完全不同。

一是摆地摊的人都非常年轻帅气，男生英俊，女生美丽，比逛街的人还要显眼。我对朋友说，这些年轻人有的是学生，有的是白天上班的上班族，夜里出来赚外快，所以摊贩的族群与传统为了生活而出来摆地摊的摊贩，是很不相同了。

"我从前生活感到郁卒的时候，就会一个人跑到夜市或忠孝东路，看到那些不管自己的心情好不好都努力出来工作的摊贩，就仿佛被他们撞击了心门，心突然打开了。"我说。朋友看着屋檐下的摊贩，也表示了同感。

台湾的经济发展其实没有什么秘密，是因为有许多充满生命力的人居住其间。

夜里从忠孝东路回家，想到不久前有几位年轻力壮的青年，绑架勒索杀死一位暴富的老农夫。他们作案的理由是："从监狱出来后，因社会的不能接纳，赚不到钱，才铤而走险。"社会的不能接纳只是借口，我们的社会从来不会去问夜市的摊贩："你有没有前科？"我们的社会也从来不会排斥或看轻那些为生活打拼的人。

听说士林夜市生意比较好的摊子，每个月可以净赚五六十万（在夜市摆摊的朋友告诉我），我听了只有感佩，觉得一个奋力生活的人不要有任何借口，因为"一枝草，一点露"，"要做牛，免惊无犁可拖"。

凤凰的翅膀

我时常想，创作的生命可以分成两类：一类是像恒星或行星一样，发散出永久而稳定的光芒，这类创作为我们留下了许多巨大而深刻的作品；另一类是像彗星或流星一样，在黑夜的星空一闪，留下了短暂而眩目的光辉，这类作品特别需要灵感，也让我们在一时之间洗涤了心灵。

两种创作的价值无分高下，只是前者较需要深沉的心灵，后者则较需要飞扬的才气。最近在台北看了意大利电影大师费里尼（Federico Fellini）的作品《女人城》，颇为费里尼彗星似的才华所震慑。那是一个简单的故事，说的是一位中年男子在火车上邂逅年轻貌美的女郎而下车跟踪，误入了全是女人的城市，那里有妇女解放运动的成员，有歌舞女郎、荡妇、泼妇、应召女郎、"第三性"女郎，等等，在这个光怪陆离的世界里，费里尼像在写一本灵感的记事簿，每一段落都表现出光辉耀眼的才华。这些灵感的笔记，像是一场又一场的梦，粗看每一场均是超现实而没有任何意义，细细地思考则仿佛每一场梦我们都经历过，任何的梦境到最后都是空的，但却为我们写下了人世里不可能实现的想象。

诚如费里尼说的："这部影片有如茶余饭后的闲谈，是由男人来讲述女人过去和现在的故事；但是男人并不了解女人，于是就像童话中的小红帽在森林里迷失了方向一般。既然这部影片是一个梦，就用的是象征性的语言，我希望你们不要努力去解释它的含义，因为没有什么好解释的。"有时候灵感是无法解释的，尤其对创作者而言，有许多灵光一闪的理念，对自己很重要，可是对于一般人可能毫无意义，而对某些闪过同样理念的人，则是一种共鸣，像在黑夜的海上行舟，遇到相同明亮的一盏灯。

在我们这个多变的时代里，艺术创作者真是如凤凰一般，在多彩的身躯上还拖着一条斑斓的尾羽；它从空中飞过，还唱出美妙的歌声。记得读过火凤凰的故事，火凤凰是世界最美的鸟，当它自觉到自己处在美丽的巅峰，无法再向前飞的时候，就火焚自己，然后在灰烬中重生。

这是个非常美的传奇，用来形容艺术家十分贴切。我认为，任何无法在自己的灰烬中重生的艺术家，就无法飞往更美丽的世界，而任何不能自我火焚的人，也就无法穿破自己，让人看见更鲜美的景象。

像是古语说的"破釜沉舟"，如果不能在启帆之际，将岸边的舟船破沉，则对岸即使风光如画，气派恢宏，可能也没有充足的决心与毅力航向对岸。艺术如此，凡人也一样，我们的梦想很多，生命的抉择也很多，我们常常为了保护自己的翅膀而迟疑不决，丧失了抵达对岸的时机。

人是不能飞翔的，可是思想的翅膀却可以振风而起，飞到不可知的远方，这也就是人可以无限的所在。不久以前，我读到一本叫"思想的神光"的书，里面谈到人的思想在不同的情况有不同的光芒和形式，而这种思想的神光虽是肉眼所不能见的，新的电子摄影器却可以在人身上摄得神光，从光的明暗和颜色来推断一个人的思想。

还有一种说法是，当我们思念一个人的时候，我们的思想神光便已到达他的身侧温暖着我们思念的人；当我们忌恨一个人的时候，思想的神光则到达他的身侧和他的神光交战，两人的心灵都在无形中受损。而中国人所说的"缘"和"神交"，都是因于思想的神光有相似之处，在无言中投合了。

我觉得这"思想的神光"与"灵感"有相似之处，在"昨夜西风凋碧树，独上高楼，望尽天涯路"时，灵感是一柱擎天；在"衣带渐宽终不悔，为伊消得人憔悴"时，灵感是专注地飞向远方；"众里寻他千百度，蓦然回首，那人却在灯火阑珊处"时，灵感是无所不在，像是沉默地、宝相庄严地坐在心灵深处灯火阑珊的地方。

灵感和梦想都是不可解的，但是可以锻炼，也可以培养。一个人在生命中千回百折，是不是能打开智慧的视境，登上更高的心灵层次，端看他能不能将仿佛不可知的灵感锤炼成遍满虚空的神光，任所翱翔。

人的思考是凤凰一样多彩，人一闪而明的梦想则是凤凰的翅膀，能冲向高处，也能飞向远方，更能历千百世而不消磨——因此，人是有限的，人也是无限的。

书生情怀

俞大维先生过世了，我想起从前当记者的时候，曾因访问而与俞先生做过长谈，当时俞先生说的一段话，至今留给我非常深刻的印象。

他说，他一生做得最多的事是读书，觉得最有趣的也是读书，特别是读圣贤之书。他从童年时代会读书之后，几乎没有一天不读书，即使在战地，或公务繁忙的时候，也不忘记读书，他认为一个人读书多了，智慧自然会开，智慧开了，选择人生的道路便能明白、超然，不会陷入欲望的泥沼。

他还带我参观他的房子，可以说无处不是书，他说："有一些书我读过很多次的。"

我想，俞大维先生有如此高的清望，广受人的敬爱，那不是因为他曾做过高官，而是由于他是个书生。可悲的是，近代为官的人虽有许多拥有高学历，书生情怀的人却少见了，才使得大家特别怀念他。

　　什么是书生情怀呢？首先的条件是不贪，"士不可以不弘毅，任重而道远"、"无欲则刚"。人生的抉择是很奇怪的，有得必有失，一个人不可能一方面争名夺利，一方面作书生。俞大维先生一生在读书上用心之深，使他能安于平淡的生活，他的晚年都是一件 T 恤，一件牛仔裤，常常一餐只吃几个饺子，却能乐以忘忧，这真是读书读通了，看清了名利。

　　其次，应该是无畏，"自反而缩，虽千万人吾往矣！"俞大维先生早年读书一级棒，后来从政，身先士卒，头部还被弹片击中，这个弹片一直到他火化之后才取出来。由于无畏，得到官兵的爱戴；由于无畏，他展现了强烈的爱国心。俞先生实为"书生也是勇士"示范了典型。

　　第三，应该是自然，有书生情怀的人，得则兼善天下，不得则独善其身，"道不行，乘桴浮于海"，不论环境如何改变，终能不改其书生本色，语默动静之间，一派酣畅，不忮不求。俞大维先生从壮年以至老年，不论何时在媒体出现，总是一片天真自然，这种境界，非至人不能至。

　　其次，对真理的追求永不放弃，俞大维先生九十七岁才皈依佛门，拜国内高僧忏云法师为师。报上说他一生是观音信仰的实践者，但始终不是正式的佛弟子，九十七岁时"想通了"，立志皈依学佛。这种"到死前最后一刻还保持向前的姿势"，真令人敬佩。他死后烧出象征修行成就的"舍利子"，就更令人赞叹了。

如今，典型虽在宿昔，哲人却已远去，想起从前在俞先生的书房畅谈《红楼梦》与中国历史的情景，俞先生患有重听，要大声说话才听得见，我走出俞家时，声音都喊哑了，思及中国历史上的书生，都希望能经世济民呀！

如果说俞先生的一生是一本书，每一个篇章对我们都是很好的功课，生命的历程不正是向那些有德者学习，使我们不贪、无畏、自然、追求真理吗？

在俞先生去世的同一天，陈履安先生宣布把住家捐给政府，认为自己是在"面对贪念的功课"。我读了深受感动，世局虽然混乱，有书生情怀的人却能免于受染，陈履安先生在我看来，就是个书生。

学历很高的人从政是很好的，但在学历之内如果没有一些书生的情怀，不做一些人生的功课，那还不如做一个凡夫俗子呢！

人生的抉择是很奇怪的

有得必有失

一个人不可能

一方面争名夺利

一方面作书生

晴窗一扇

登山界流传着一个故事，一个又美丽又哀愁的故事。

传说有一位青年登山家，有一次登山的时候，不小心跌落在冰河之中；数十年之后，他的妻子到那一带攀登，偶然在冰河里找到已经被封冻了几十年的丈夫。这位埋在冰天雪地里的青年，还保持着他年轻时代的容颜，而他的妻子因为在尘世里，已经是两鬓飞霜年华老去了。

我第一次听到这个故事时，整个胸腔都震动起来，它是那么简短、那么有力地说出了人处在时间和空间之中，确定是渺小的，有许多机缘巧遇正如同在数十年后相遇在冰河的夫妻。

许多年前，有一部电影叫"失去的地平线"，那里是没有时空的，人们过着无忧无虑的快乐生活。一天，一位青年在登山时迷途了，闯入了失去的地平线，并且在那里爱上一位美丽的少女。少女向往着人间的爱情，青年也急于要带少女回到自己的家乡，两人不顾大家的反对，越过了地平线的谷口，穿过冰雪封冻的大地，历尽千辛万苦才回到人间。不意在青年回头的那一刻，少女已经是满头银发，皱纹满布，风烛残年了。故事便在幽雅的音乐和纯白的雪地中揭开了哀伤的结局。

本来，生活在失去的地平线的这对恋侣，他们的爱情是真诚的，也都有创造将来的勇气，他们为什么不能有圆满的结局呢？问题发生在时空，一个处在流动的时空，一个处在不变的时空，在他们相遇的一刹那，时空拉远，就不免跌进了哀伤的迷雾中。

最近，台北在公演白先勇小说《游园惊梦》改编的舞台剧，我少年时代几次读《游园惊梦》，只认为它是一个普通的爱情故事，年岁稍长，重读这篇小说，竟品出浓浓的无可奈何。经过了数十年的改变，它不只是一个年华逝去的妇人对风华万种的少女时代的回忆，而是对时空流转之后人力所不能为的忧伤。时空在不可抗拒的地方流动，到最后竟使得"一朝春尽红颜老，花落人亡两不知"。

"时间"和"空间"这两道为人生织锦的梭子，它们的穿梭来去竟如此无情。

在希腊神话里，有一座不死不老的神仙们所居住的山，山口有一个大的关卡，把守这道关卡的就是"时间之神"，它把时间的流变挡在山外，使得那些神仙可以永葆青春，可以和山和太阳和月亮一样永恒不朽。

作为凡人的我们，没有神仙一样的运气，每天抬起头来，眼睁睁地看见墙上挂钟滴滴答答走动匆匆的脚步，即使坐在阳台上沉思，也可以看到日升、月落、风过、星沉，从远远的天外流过。有一天，我们偶遇到少年游伴，发现他略有几茎白发，而我们的心情也微近中年了。有一天，我们突然发现院子里的紫丁香花开了，可是一趟旅行回来，花瓣却落了满地。有一天，我们看到家前的旧屋被拆了，可是过不了多久，却盖起一栋崭新的大楼。有一天……我们终于察觉，时间的流逝和空间的转移是如此的无情和霸道，完全没有商量的余地。

中国的民间童话里也时常描写这样的情景，有一个人在偶然的机缘下到了天上，或者游了龙宫，十几天以后他回到人间，发现人事全非，手足无措；因为"天上一日，世上一年"，他游玩了十数天，世上已过了十几年，十年的变化有多么大呢？它可以大到你回到故乡，却找不到自家的大门，认不得自己的亲人。贺知章的《回乡偶书》里很能表达这种心情："少小离家老大回，乡音无改鬓毛衰。儿童相见不相识，笑问客从何处来？"数十年的离乡，甚至可以让主客易势呢！

佛家说"色相是幻，人间无常"实在是参透了时空的真实，让我们看清一朵蓓蕾很快地盛开，而不久它又要凋落了。

《水浒传》的作者施耐庵在该书的自序里有短短的一段话："每怪人言，某甲于今若干岁。夫若干者，积而有之之谓。今其岁积在何许？可取而数之否？可见已往之吾，悉已变灭。不宁如是，吾书至此句，此句以前已疾变灭，是以可痛也。"（我常对于别人说"某甲现在若干岁"感到奇怪，若干，是积起来而可以保存的意思，而现在他的岁积存在什么地方呢？可以拿出来数吗？可见以往的我已经完全改变消失，不仅是这样，我写到这一句，这一句以前的时间已经很快改变消失，这是最令人心痛的。）正是道出了一个大小说家对时空的哀痛。

古来中国的伟大小说，只要我们留心，它讲的几乎全有一个深刻的时空问题，《红楼梦》的花柳繁华温柔富贵，最后也走到时空的死角；《水浒传》的英雄豪杰重义轻生，最后下场凄凉；《三国演义》的大主题是"天下大势分久必合，合久必分"；《金瓶梅》是色与相的梦幻湮灭；《镜花缘》是水中之月，镜中之花；《聊斋志异》是神鬼怪力，全是虚空；《西厢记》是情感的失散流离；《老残游记》更明显地道出了："眼看他起高楼，眼看他楼塌了。"

我们的文学作品里几乎无一例外的，说出了人处在时空里的渺小，可惜没有人从这个角度深入探讨，否则一定会发现中国民间思想对时空的递变有很敏感的触觉。西方有一句谚语："你要永远快乐，只有向痛苦里去找。"正道出了时空和人生的矛盾，我们觉得快乐时，偏不能永远，留恋着不走的，永远是那令人厌烦的东西……这就是在人生边缘上不时捉弄我们的时间和空间。

柏拉图写过一首两行的短诗：

你看着星吗，我的星星？

我愿为天空，得以无数的眼看你

人可以用多么美的句子，多么美的小说来写人生，可惜我们不能是天空，不能是那永恒的星星，只有看着消逝的星星感伤的份儿。

有许多人回忆过去的快乐，恨不能与旧人重逢，恨不能年华停伫，事实上，却是天涯远隔，是韶光飞逝，即使真有一天与故人相会，心情也像在冰雪封冻的极地，不免被时空的箭射中而哀伤不已吧！日本近代诗人和泉式部有一首有名的短诗：

心里怀念着人，

见了泽上的萤火，

也疑是从自己身体出来的梦游的魂。

我喜欢这首诗的意境，尤其"萤火"一喻，我们怀念的人何尝不是夏夜的萤火忽明忽灭，或者在黑暗的空中一转就远去了，连自己梦游的魂也赶不上，真是对时空无情极深的感伤了。

说到时空无边无尽的无情，它到终极会把一切善恶、美丑、雅俗、正邪、优劣都洗涤干净，再有情的人也丝毫无力挽救。那么，我们是不是就因此而失望颓丧、优柔不前呢？是不是就坐等着时空的变化呢？

　　我觉得大可不必，人的生命虽然渺小短暂，但它像一扇晴窗，是由自己小的心眼里来照见大的世界。

　　一扇晴窗，在面对时空的流变时飞进来春花，就有春花；飘进来萤火，就有萤火；传进秋声，就来了秋声；侵进冬寒，就有冬寒。闯进来情爱就有情爱，刺进来忧伤就有忧伤，一任什么事物到了我们的晴窗，都能让我们更真切地体验生命的深味。

　　只是既然是晴窗，就要有进有出，曾拥有的幸福，在失去时窗还是晴的；曾被打击的重伤，也有能力平复；努力维持着窗的晶明，如此任时空的梭子如百鸟之翔在眼前乱飞，也能有一种自在的心情，不致心乱神迷。

　　有的人种花是为了图利，有的人种花是为了无聊，我们不要成为这样的人，要真爱花才去种花——只有用"爱"去换"时空"才不吃亏，也只有心如晴窗的人才有真正的爱，更只有爱花的人才能种出最美的花。

一扇晴窗
在面对时空的流变时

飞进来春花
就有春花
飘进来萤火
就有萤火
传进秋声
就来了秋声
侵进冬寒
就有冬寒

在一所中学演讲时，有一个学生问了个问题："你认为人最大的危机是什么？"我不假思索地说："我认为人最大的危机是越来越不像人。""为什么？""因为人的品质日渐低落，越来越多的人像动物一样，充满了欲望，只追求物质的实现与满足。而人在生活形式上则越来越像机器，由于和机器相处的时间日渐增加，甚至超过人与人相处的时间，人在无形中受到机器影响，人味比从前淡薄了。"我说。

那位中学生听了，又站起来问："那么，你觉得人最大的希望是什么？"我说："人最大的希望是单纯的心、奉献的心、爱人的心。""所谓单纯的心就是不功利、没有杂染的心；奉献的心就是时常渴望为别人做些什么，带给别人利益；爱人的心就是设身处地为别人着想，发自内心地关怀别人。如果有这些心，人就会比较有希望了。"我补充道。

另一位看起来很活泼的女生站起来，俏皮地说："可是杨林有一首歌叫'玻璃心'，说爱人的心，是玻璃做的，很容易破碎的！"说完后，大家哄堂大笑，我也结束了这一次演讲。

在往台北的火车上，回想着这段对话，我觉得自己的答复有一些是需要补充的。最近这些年，我感觉越来越多的人有两极化的倾向。一种是生活、行为、动机、人生目标极像动物，就是我们所说的"衣冠禽兽"，他们几乎不管心灵的提升，只求物质的满足，还有一些是不在乎别人死活，杀盗淫妄无所不为。另一种则是极像机器人，全部自动化，终日不与人相处，只与机器相处，在家里一切都是机器化，出门关在汽车里，在办公室则与电话、电脑、传真机为伍，晚上在沙发上看电视，一直到睡去为止。

这种两极化的倾向是非常令人忧心的，人间的冷漠无情、僵硬无义也就成为一种不可避免的倾向，因为不管是"衣冠禽兽"或"衣冠机器人"，共同特质都是缺乏人间的沟通与情义。时日既久，当然成为人最大的危机了。

要突破禽兽与机器人唯一的方法就是有一颗温暖的心，过单纯的生活，真实地为别人奉献，花更多的时间在人的身上而不是机器身上，其实这也只不过是坚持作为人追求真、善、美的品质罢了。

确实，做一个完整的人比做禽兽复杂得多，与人沟通相爱比和机器相处困难得多，使大部分人"既期待又怕受伤害"，不肯承担人的责任与荣誉。我们可以看到那些倾向动物或机器的人，都是曾受过伤害和害怕受伤害的人。

可是，有一颗容易受伤害的玻璃心，总比没有心要好得多，偶尔听听心灵破碎的声音也比只想贪求世界便宜的人要可爱得多。

有时候极让人痛心的是，人类文明的推动发展，到最后竟使我们在流失人的品质。我们借着电脑、电话、传真机沟通，而懒于互相谈话、拥抱、互爱；我们看一幅画的好坏先看其标价；我们交朋友先衡量互相的价值，以便踩着别人的肩膀向上爬……到最后，许多人竟无视别人的死活，杀人放火、奸淫掳掠，被捕了还在电视上微笑。天啊！动物相互之间都还有哀矜与关爱之情，机器都有无误守信主义，人为什么沦落至此。

人最大的危机就在这里，而人最大的希望就是要大家一起来反制这种危机。用玻璃的心、水晶的心、钻石的心、黄金的心都好，不管是什么心，只要有心就好！

有情生

我很喜欢英国诗人布雷克的一首短诗：

被猎的兔每叫一声，

就撕掉脑里的一根神经；

云雀被伤在翅膀上，

一个天使就止住了歌唱。

因为在短短的四句诗里，他表达了一个诗人悲天悯人的情怀，看到被猎的兔子和受伤的云雀，诗人的心情化作兔子和云雀，然后为人生写下了警语。可以说，这首诗暗暗冥合了中国佛家的思想。

在我们眼见的四周生命里（也就是佛家所言的"六道众生"），是不是真是有情的呢？中国佛家所说的"仁人爱物"，是不是说明物与人一样有情呢?

每次我看到林中歌唱的小鸟,总为它们的快乐感动;看到天际结成"人"字、一路南飞的北雁,总为它们的互助相持感动;看到喂饲乳鸽的母鸽,总为它们的亲情感动;看到微雨里比翼双飞的燕子,总为它们的情爱感动。这些长着翅膀的飞禽,处处显露出天真的情感,更不要说在地上体躯庞大、头脑发达的走兽了。

甚至,在我们身边的植物,有时也表达着一种微妙的情感,或者更确切地说,是机缘和生命力。只要我们仔细观察那些在阳光雨露中快乐地展开叶子的植物,感觉那些高大树木的精神和呼吸,体会那些含苞待开的花朵,还有在原野里随风摇动的小草,都可以让人真心地感到动容。

有时候,我又觉得怀疑,这些简单的植物可能并非真的有情,它的情是因为和人的思想联系着的,就像佛家所说的"从缘悟达"。禅宗里留下许多这样的见解:有的看到翠竹悟道,有的看到黄花悟道,有的看到夜里大风吹折松树悟道,有的看到牧牛吃草悟道,有的看到洞中大蛇吞食蛤蟆悟道,都是因无情物而观见了有情生。世尊释迦牟尼也因夜观明星悟道,留下"因星悟道,悟罢非星,不逐于物,不是无情"的警语。

我们对所有无情之物表达的情感也应该作如是观。吕洞宾有两句诗:"一粒粟中藏世界,半升铛内煮山川",原是把世界山川放在个

一粒粟中藏世界
半升铛内煮山川

人的有情观照里，就是性情所至，花草也为之含情脉脉的意思。正是许多草木原是无心无情，若能触动人的灵机则颇有余味。

我们可以意不在草木，但草木正可以寄意；我们不必叹草木无情，因草木正能反映真性。在有情者的眼中，蓝田能日暖，良玉可生烟；朔风可以动秋草，边马也有归心；蝉噪之中林愈静，鸟鸣声里山更幽；甚至感时的花会溅泪，恨别的鸟也惊心……何况是见一草一木于性情之中呢？

常春藤

在我家巷口有一间小的木板屋，里面住着一个卖牛肉面的老人。那间木板屋可能是一座违章建筑，由于年久失修，整座木屋往南方倾斜成一个夹角。木屋处在两座大楼之间，越发破败老旧，仿佛随时随地都要倾颓，散成一片片木板。

任何人路过那座木屋，都不会有心情正视一眼，除非看到老人推着面摊出来，才知道那里原来还有人居住。

但是，在南边斜角那断板残瓦的地方，却默默地生长着一株常春藤。那是我见过最美的一株，许是长久长在阴凉、潮湿、肥沃的土地上，常春藤简直是毫无忌惮地怒放着，它的叶片长到像荷叶一般大小，全株是透明翡翠的绿，那种绿就像朝霞照耀着远远群山的颜色。

沿着木板壁的夹角，常春藤几乎把半面墙长满了，每一根绿色的枝条因为被夹壁压着，全往后仰视，好像往天空伸出了一排厚大的手掌；除了往墙上长，它还在地面四周延伸，盖满了整个地面，近看有点儿像还没有开花的荷花池。

我的家里虽然种植了许多观叶植物，我却独独偏爱木板屋后面的那片常春藤。无事的黄昏，我在附近散步，总要转到巷口去看那株常春藤，有时看得发痴，隔不了几天去看，就发现它完全长成不同的姿势了，每个姿势都美到极点。

有几次是清晨，叶片上的露珠未干，一颗颗滚圆的，随风在叶上转来转去。我再仔细看它的叶子，每一片叶都是完整饱满的，丝毫没有一丝残缺，而且没有一点尘迹；可能正因为它长在夹角，连灰尘都不能至，更不要说小猫小狗了。我爱极了这长在巷口的常春藤，总想移植到家里种一株，几次偶然遇到老人，却不敢开口。因为它正长在老人面南的一个窗口，倘若他也像我一样珍爱他的常春藤，恐怕不肯让人剪裁。

有一回正是黄昏，我蹲在那里，看到常春藤又抽出许多新芽。正在出神之际，老人推着摊车要出门做生意，木门"咿呀"一声，他对着我露出了善意的微笑，我趁机说："老伯，能不能送我几株您的常春藤?"

他笑着说："好呀，你明天来，我剪几株给你。"然后我看着他的背影背着夕阳向巷子外边走去。

老人如约送了我常春藤，不是一两株，而是一大把，全是他精心挑拣过的、长在墙上最嫩的一些。我欣喜地把它种在花盆里。

没想到第三天台风就来了，不但吹垮了老人的木板屋，也把一整株常春藤吹得没有影踪，只剩下一片残株败叶，老人忙着整建家屋，把原来一片绿意的地方全清扫干净，木屋也扶了正。我觉得怅然，将老人送我的一把常春藤要还给他，他只要了一株。他说："这种草的耐力强，一株就要长成一片的。"

老人的常春藤只随便一插，也并不见他洒水除草，只接受阳光和雨露的滋润。我把常春藤细心地养在盆里，每天晨昏依时浇水，同样也在阳台上接受阳光和雨露。

然后我就看着两株常春藤在不同的地方生长，老人的常春藤愤怒地抽芽拔叶，我的是温柔地缓缓生长；他的常春藤的芽愈抽愈长，叶子愈长愈大；我的则是芽愈来愈细，叶子愈长愈小。比来比去，总是不及。

那是去年夏天的事了。现在，老人的木板屋有一半已经被常春藤覆盖，甚至长到窗口；我的花盆里，常春藤已经好像长进宋朝的文人画里了，细细地垂覆枝叶。我们研究了半天，老人说："你的草没有泥土，它的根没有地方去，怪不得长不大。呀！还有，恐怕它对这块烂泥地有了感情呢！"

非洲红

三年前，我在一个花店里看到一株植物，茎叶全是红色的，虽是盛夏，却溢着浓浓秋意。它被种植在一个深黑色滚着白边的瓷盆里，看起来就像黑夜雪地里的红枫。卖花的小贩告诉我，那株红植物名字叫"非洲红"，是引自非洲的观叶植物。我向来极爱枫树，对这长着小圆叶而颜色像枫叶的非洲红自然也爱不忍释，就买来摆在书房窗口外的阳台上，每日看它在风中摇曳。非洲红是很奇特的植物，放在室外的时候，它的枝叶全是血一般的红；而摆在室内就慢慢地转绿，有时就变得半红半绿，在黑盆子里煞是好看。

非洲红的叶子的寿命不长，隔一两月就全部落光，然后一夜之间又在茎的根头抽放出绿芽，一星期之间又是满头红叶了，这使我真正感受到时光变易的快速以及生机的运转。年深日久，它成为院子里我非常喜爱的一株植物。

去年我搬家的时候，因为种植的盆景太多，有一大部分都送人了。新家没有院子，我只带了几盆最喜欢的花草，大部分的花草都很强韧，可以用卡车运载，只有非洲红，它的枝叶十分脆嫩，我不放心搬家工人，因此用一个木箱子把它固定装运。

没想到一搬了家，诸事待办，过了一星期安定下来以后，我才想到非洲红的木箱；原来它被原封不动的放在阳台，打开以后，发现盆子里的泥土全部干裂了，叶子全部落光，连树枝都萎缩了。我的细心反而害了一株植物，使我伤心良久，妻子安慰我说："植物的生机是很强韧的，我们再养养看，说不定能使它复活。"

于是，我们便把非洲红放在阳光照射得到的地方，每日晨昏浇水，夜里我坐在阳台上喝茶的时候，就怜悯地望着它，并无力地祈祷它的复活。大约过了一星期左右，有一日清晨，我发现非洲红抽出碧玉一样的绿芽，含羞地默默地探触它周围的世界，我和妻子心里的高兴远胜过我们辛苦种植的郁金香开了花。

我不知道非洲红是不是真的来自非洲，如果是的话，经过千山万水的移植，经过花匠的栽培而被我购得，这其中确实有一种不可言说的缘分。而它经过苦旱的锻炼竟能从裂土里重生，它的生命是令人吃惊的。现在我的阳台上，非洲红长得比过去还要旺盛，每天张着红红的脸蛋享受阳光的润泽。

由非洲红，我想起中国北方的一个童话《红泉的故事》。它说在没有人烟的大山上，有一棵大枫树，每年枫叶红的秋天，它的根渗出来一股不息的红泉，只要人喝了红泉就全身温暖，脸色比桃花还要红，而那棵大枫树就站在山上，看那些女人喝过它的红泉水，它就选其中最美的女人抢去做媳妇，等到雪花一落，那个女人也就变成枫树了。这当然是一个虚构的童话，可是中国人的心目中确实认为枫树也是有灵的。枫树既然有灵，与枫树相似的非洲红又何尝不是有灵的呢？

在中国的传统里，人们认为一切物类都有生命，有灵魂，有情感，能和人做朋友，甚至恋爱和成亲。同样地，人对物类也有这样的感应。我有一位爱兰的朋友，他的兰花如果不幸死去，他会痛哭失声，如丧亲人。我的灵魂没有那样纯洁，但是看到一棵植物的生死会使人喜悦或颓唐，恐怕是一般人都有过的经验吧！

非洲红变成我最喜欢的一株盆景，我想除了缘分，就是它在垂死绝处的时候，还能在一盆小小的土里重生。

紫茉莉

我对那些按照时序在变换姿势，或者是在时间的转移中定时开合，或者受到外力触动而立即反应的植物，总是持有好奇和喜悦的心情。

像种在园子里的向日葵或是乡间小道边的太阳花，是什么力量让它们随着太阳转动呢？难道只是一种对光线的敏感？

像平铺在水池的睡莲，白天它摆出了最优美的姿势，为何在夜晚偏偏睡成一个害羞的球状？而昙花正好和睡莲相反，它总是要等到夜深人静的时候，才张开笑颜，散发芬芳。夜来香、桂花、七里香，总是愈黑夜之际愈能品味它们的幽香。

还有含羞草和捕虫草，它们一受到摇动，就像一个含羞的姑娘默默颔首。还有冬虫夏草，明明冬天是一只虫，夏天却又变成一株草。

在生物书里我们都能找到解释这些植物变异的一个经过实验的理由，这些理由对我而言却都是不足的。我相信冥冥中，一定有一些精神层面是我们无法找到的，说不定这些植物都有一颗看不见的心。

能够改变姿势和容颜的植物，和我关系最密切的是紫茉莉花。

我童年的家后面有一大片未经人工垦殖的土地，经常开着美丽的花朵，有幸运草的黄色或红色的小花，有银合欢黄或白的圆形花，有各种颜色的牵牛花。秋天一到，还开满了随风摇曳的芦苇花……就在这些各种形色的花朵中，到处都夹生着紫色的小茉莉花。

紫茉莉是乡间最平凡的野花，它们整片整片地丛生着，貌不惊人，在万绿中却别有一番姿色。在乡间，紫茉莉的名字是"煮饭花"，因为它在有露珠的早晨，或者白日中天的正午，或者是星满天空的黑夜都紧紧闭着；只有一段短短的时间开放，就是在黄昏夕阳将下、农家结束了一天的劳作、炊烟袅袅升起的时候，它才像突然舒解了满怀心事，快乐地开放出来。

每一个农家妇女都在这个时间下厨做饭，所以它被称为"煮饭花"。

这种一两年或多年生的草本植物，生命力非常强盛，繁殖力特别强，如果在野地里种一株紫茉莉，隔一年，满地都是紫茉莉花了。它的花期也很长，从春天开始一直开到秋天，因此，一株紫茉莉一年可以开多少花，是任何人都数不清的。

最可惜的是，它一天只在黄昏时候盛开，但这也是它最令人喜爱的地方。曾有植物学家称它是"农业社会的计时器"，她当开放之际，乡下的孩子都知道，夕阳将要下山，天边将会飞来满空的红霞。

我幼年的时候，时常和兄弟们在屋后的荒地上玩耍，当我们看到紫茉莉一开，就知道回家吃晚饭的时间到了。母亲让我们到外面玩耍，也时常叮咛："看到煮饭花盛开，就要回家了。"我们遵守着母亲的话，经常每天看紫茉莉开花才踩着夕阳下的小路回家，巧的是，我们回到家，天就黑了。

从小，我就有点儿痴，弄不懂紫茉莉为什么一定要选在黄昏开，常常多次坐着看满地含苞待放的紫茉莉，看它如何慢慢地撑开花瓣，出来看夕阳的景色。问过母亲，她说："煮饭花是一个好玩的孩子，玩到黑夜迷了路变成的。它要告诉你们这些野孩子，不要玩到天黑才回家。"

母亲的话很美，但是我不信，我总认为紫茉莉一定和人一样是喜欢好景的，在人世间又有什么比黄昏的景色更好呢？因此，它选择了黄昏。

　　紫茉莉是我童年里很重要的一种花卉，因此我在花盆里种了一棵。它长得很好，可惜在都市里，它恐怕因为看不见田野上黄昏的好景，几乎整日都开放着，在我盆里的紫茉莉经过市井的无情洗礼，可能已经忘记了它祖先对黄昏彩霞的选择了。

　　我每天看到自己种植的紫茉莉，都悲哀地想着，不仅是都市的人们容易遗失自己的心，连植物的心也在不知不觉中迷失了。

清风匝地，有声

　　在日本神户港，我们把汽车开进"英鹤丸"渡轮的舱底，然后登上最顶层的甲板看濑户内海。

　　这一次，我从神户坐渡轮要到四国，因为听说四国有优美而绵长的海岸线，还有几处国家公园。四国，是日本四大岛中最小的一岛，并且偏处南方，所以是外籍观光客较少去的地方，尤其是九月以后，天气寒凉，枫叶未红，游人就更少了。

　　从前，要到四国一定要乘渡轮，自从几条横跨濑户内海的长桥建成后，坐渡轮的人就少了。有很多人到四国去不是去看海、看风景的，只是为了去过桥，像"鸣门大桥"是颇有历史的，而新近落成的"濑户大桥"则是宏伟气派，长达十公里，听说所用的钢筋围起来可以绕地球一圈半，许多人四国来回，只为了看濑户大桥粗大的水泥与钢筋。对我而言，要过海，坐渡轮总是更有情味，人生里如果可以选择从容的心情，为什么不让自己从容一些呢？

"英鹤丸"里出乎想象的冷清，零落的游客横躺在长椅上睡觉，我在贩卖部买了一杯热咖啡，一边喝咖啡，一边依在白色的栏杆上看濑户内海，濑户内海果然与预想中的一样美，海水澄蓝如碧，天空秋高无云，围绕着内海的青山，全是透明的绿，这海山与天空的一尘无染，就好像日本传统的茶室，从瓶花到桌椅摸不出一丝尘埃。

在我眼前的就是濑户内海了，我轻轻地叹息着。

我这一次到日本来，希望好好看看濑户内海是重要的行程，原因说来可笑，是因为在日本的书籍里读到了一则中国禅师与日本禅师的故事。

故事大意是这样的：有一位中国禅师到日本拜访了一位日本禅师，两人一起乘船到濑户内海，那位日本禅师是曾到过中国学禅，亲炙过中国山水的。

在船上，日本禅师说："你看，这日本的海水是多么清澈，山景是多么翠绿呀！看到如此清明的山水，使人想起山里长在清水里那美丽的山葵花呀！"言下为日本的山水感到自负的意味。

中国禅师笑了，说："日本海的水果然清澈，山景也美。可惜，这水如果再混浊一点儿就更好了。"

日本禅师听了非常惊异，说："为什么呢？"

"水如果混浊一点儿，山就显得更美了。像这么清澈的水只能长出山葵花，如果混浊一点儿，就能长出最美丽的白莲花了。"中国禅师平静地说。

日本禅师为之哑口无言。

这是禅师与禅师间机锋的对句，显然是中国禅师占了上风，但我在日本书上看到过这则故事，却令我沉思了很久，颇能看见日本人谦抑的态度，也恐怕是这种态度，才使千百年来，濑户内海都能保持干净，不曾受到污染。反过来说，中国人因为自许污水里能开出莲花，所以恣情纵意，把水弄脏了，也毫不在意。

不仅濑户内海吧！我童年时代，家乡有几家茶室，都是色情污秽之地，空间窄小，灯光黯淡，空气里飘浮着酸气、腐臭与霉味，地上都是痰渍。因为我有一位要好的同学是茶室老板的儿子，不免常常要出入，每次我都捂着鼻子走进去，走出来时第一件事则是深呼吸，当时颇为成年男子可以在那么浊劣的地方盘桓终日而疑惑不已，当然也更同情那些卖笑的"茶店仔查某"了。

有一次，同学的父亲告诉我，茶室原是由日本传来，从前台湾是没有茶室的。我听了就把乡下茶室的印象当成日本人印象，心想日本民族真怪，怎么喜欢在下流的茶室不喝茶，却饮酒作乐呢？直到第一次去日本，又到几家传统茶室喝茶，简直把我吓坏了，因为日本茶室都是窗明几净、风格明亮，连园子里的花草都长在它应该长的地方，别说是色情了，人走进那么干净的茶室，几乎一丝不净的念头都不会生起，口里更不敢说一句粗俗的话，唯恐染污了茶盘。怪不得日本茶道史上，所有伟大的茶师都是禅师！

同样是"茶室"，在日本与台湾却有截然不同的风貌，对照了日本禅师与中国禅师的故事就益发令人感慨，由小见大，山水其实就是人心，要了解一个地方人的性格，只要看那地方的山水也就了然。山且不论，看看台湾的水，从小溪、大河，到湖泊、沿海，无不是鱼虾死灭、垃圾漂流、污油朵朵、浮尸片片，我每次走过我们土地上的水域，就在里面看到了人心的污渍，在这样脏的水中想开出一朵白莲花，简直不可思议，需要多么大的勇气！多么大的坚持！与多么大的自我清净的力量！

我坐在濑户内海上的渡轮，看到船后一长条纯白的波浪时，就仿佛回到了中国禅师与日本禅师在船上对话的场景与心情，在污泥秽地中坚持自我品质的高洁是禅者的风格，可是要怎么样使污秽转成清明则是菩萨的胸怀，要拯救台湾的山水，一定要先从台湾的人心救起，要知道，长出莲花的地方虽然污秽，水却是很干净的。

记得从前我当记者的时候，曾为了一个噪声与污染事件去访问一家工厂的负责人，他的工厂被民众包围，压迫停工，他却因坚持而与民工对峙。他闭起眼睛，十分陶醉地对我说："你听听，这工厂机器的转动声，我听起来就像音乐那么美妙，为什么他们不能忍受呢？"我听到他的话忍不住笑起来，他用一种很怀疑的眼神看我，眼神里好像在说："连你也不能欣赏这种音乐吗？"那个眼神到现在我都还记得。

确实如此，在守财奴的眼中，钞票乃是人间最美丽的绘画呢！

听过了肆无忌惮的商人的音乐，我们再回到日本的茶室，日本茶道的鼻祖绍欧曾经说过一句动人的话："放茶具的手，要有和爱人分离的心情。"这种心情在茶道里叫作"残心"，就是在行为上绵绵密密，即使简单如放茶具的动作，也要轻巧、有深沉的心思与情感，才算是个懂茶的人。

反过来说，一个人和爱人分离的心情，若能有如放下名贵茶具的手那么细心，把诀别的痛苦化为祝福的愿望，心中没有丝毫憎恨，留存的只有珍惜与关怀，才是懂得爱情的人。此所以茶道不昧流的鼻祖出云松江说："红叶落下时，会浮在水面；那不落的，反而沉入江底。"

境界高的茶师，并不在他能品味好茶，而在他对待喝茶这整个动作的态度，即使喝的只是普通的粗茶，他也能找到其中的情趣。

境界高的人生亦如是，并不在于永远有顺境，而是不论顺逆，也能用很好的情味去面对，这就是禅师说的："在途中也不离家舍"、"不风流处也风流"。因此，我们要评断一个人格调与韵致的高低，要看他失败时的"残心"。有两句禅诗："掬水月在手，弄花香满衣"最能表达这种残心，每一片有水的叶子都有月亮的映照，同样，人生的每个行为、每个动作都是人格的展现。没有经过残心的升华，一个人就无法有温柔的心，当然，也难以体会和爱人分离的心情是多么澄清、细密、优美，一如秋深落叶的空山了。

从前有一个和尚到农家去诵经，诵经的中途听到了小孩的哭声，转头一看，原来孩子爬在地上压到了一把饭铲子，地上很肮脏，孩子的母亲就把他抱起来，顺手把饭铲子放进热腾腾的饭上，洗也不洗。

于是，当孩子的母亲来请吃饭时，和尚假称肚子痛，连饭也没吃，就匆匆赶回寺里。过了一星期，和尚又去这农家诵经，诵完经，那母亲端出了一碗热腾腾的甜酒酿，由于天气严寒，和尚一连喝了好几碗，不仅觉得美味，心情也十分高兴。

等吃完了甜酒酿，孩子的母亲出来说："上一次真不好意思，您连饭都没吃就回去了，剩下很多饭，只好用剩饭做成一些甜酒酿，今天看到您吃了很多，我实在感到无比的安慰。"

和尚听了大有感触，为逃避肮脏的饭铲子，没想到反而吃了七天前的剩饭做成的甜酒酿，因而悟到了"一饮一啄，莫非前定"。我们面对人生里应该承受的事物不也是如此吗？在饭铲中泡过的脏饭与甜酒，表面不同，本质却是一样的。所以，欢喜的心最重要，有欢喜心，则春天时能享受花红草绿，冬天时能欣赏冰雪风霜，晴天时爱晴，雨天时爱雨。

好像一条清澈的溪流，流过了草木清华，也流过石畔落叶，它欢跃如瀑布时，不会被拘束，它平缓如湖泊时，也不会被局限，这就是《金刚经》里最动人心弦的一句"应无所住而生其心"。

我眼前的濑户内海也是如此，我体验了它明朗的山水，知道濑户内海不只是日本人的海，而是眼前的海，是大地之海，超越了名字与国籍。海上吹来的风，呼呼有声，在台湾林野里的清风亦如是，遍满大地，有南国的温暖及北地的凉意，匝地，有声。

晋朝有名的女僧妙音法师，写过一首诗：

> 长风拂秋月，
>
> 止水共高洁；
>
> 八到净如如，
>
> 何容业萦结？

"八到"是指风从东、南、西、北、东南、东北、西南、西北一起到，分不出是从哪里到，静听、感受清风的吹拂，其中有着禅的对语。在步出"英鹤丸"的时候，我看见了长在清水里的山葵花是美丽的，长在污泥里的白莲花也是美丽的，与爱人相会的心情是美丽的，与爱人分离的心情也是美丽的。

只因为我的心是美丽的，如清风一样，匝地，有声。

长在清水里的山葵花是美丽的

长在污泥里的白莲花也是美丽的

与爱人相会的心情是美丽的

与爱人分离的心情也是美丽的

玉石收藏家

我去参观一位玉石收藏家的收藏，他一直说自己收藏的玉石多么名贵、多么珍宝，甚至说玉石是有生命、有磁场的，有的会降灾治病，有的会除灾免祸，说得那玉石像是神明一样。

他甚至说："人的生命和玉石比起来是太渺小、太脆弱了，有许多人的命还不值一块石头。"

人的生命之渺小、之脆弱，这一点我是同意的，可是如果说石头的价值竟胜过人命，是我不能苟同的。

其实，那些被收藏的玉石仿佛有生命，那是由于人的情感妄想的投射，我们有了感情，玉石才有了磁场，我们先有妄想，玉石才有感应。

失去了人的情感投射，最耀眼的白玉或钻石，与溪边的卵石又有什么两样呢？

我告辞玉石收藏家，从他放满玉石的走道走出来，我想到这个世界有这么多人爱玉石、爱瓷器、爱古董、爱美术品，不惜花费巨资，投注心力，但却很少人愿意去对人花费爱心、投入心血。

那是因为，爱没有生命、没有反应的东西，是最简单、最安全的。要去爱一个人，比爱玉石就显得复杂、危险、不安全。

这是世界上有这么多收藏家的原因，也是没有生命的玉石、古董、美术品比活人更值钱的原因。

可惜，我每次告诉种种收藏家这些道理，他们总不认为人的价值可以胜过一件玉石古物，所以这个世界还会继续混乱下去。

我们是不是愿意来收藏一些爱、一些友情、一些恩义、一些包容与宽恕？用锦盒珍藏，放在红木的架子里，时时拿出来摹拭，使其永葆明亮与光芒，来证明人的品质与价值呢？

半梦半醒之间

去买闹钟的时候，钟表店的老板建议我买一种"懒人闹钟"。

"什么是懒人闹钟呢？"

"懒人闹钟是为了懒人而设计的，一般的闹钟响时只有一种声音，懒人闹钟响的时候，节奏由慢而快，由缓而急，到最后会闹得人吃不消；一般闹钟一按就停，懒人闹钟按了不会停，每隔五分钟它就会再响起来，除非把总开关关掉。"老板边说边从橱柜中取出一具体积很小的电子钟，示范给我看。

"什么样的人会买这种懒人闹钟呢？"

"一般人都会买呀！因为大家对自己都不是绝对有信心的，特别是冬天的清晨要起床真不容易。"

"可是，如果他起来把总开关关掉，这闹钟还是没有作用。"

"对呀！对于真正的懒人，再好的闹钟也没有用，闹钟是给那些介于半梦半醒之间的人使用的。”

与我一向熟识的钟表行老板，讲出这么有哲理的话，令我颇为惊异，于是我接着问：“什么是半梦半醒之间呢？”

老板说：“一个人刚被闹钟唤醒的时候，就处在半梦半醒之间，如果一听到闹钟响，立刻能处在清醒的状态，这种人在佛教里叫作‘慧根’，如果闹钟怎样叫也叫不醒，甚至爬起来把总开关关掉，这种人叫‘钝根’。一般人既不是慧根，也不是钝根，而是‘凡根’，所谓凡根，是会清醒、会迷失；会升华，也会堕落；是听到闹钟响时，徘徊挣扎在半梦半醒之间，对这样的人，一个好闹钟才是有帮助的，在半梦半醒之间的人，是比较易于再入梦，不易于醒来的，这时需要一再地叮咛、嘱咐、催促，懒人闹钟在这时就能发挥它的效益。”

真没想到钟表行老板是一个哲学家，最后就买了一只懒人闹钟回家，每天清晨闹钟响的时候，我总是想起老板所说的话，口念阿弥陀佛，立刻跃起，关掉闹钟的总开关，开始一天的工作，因为我希望做一个有“慧根”的人。

过了一阵子，我买的懒人闹钟竟坏掉了，拿去检修，查出来的原因是，由于太久没有让它“闹”，最后这闹钟竟不会闹了，老板说：“电子的东西就是这样，你没有机会让它叫，过一阵子它就不会叫了。”

回家的路上，我想到，如果依“慧根、钝根、凡根”来推论，一个有慧根的觉醒者，长久不让妄想、执着有出头来闹的机会，最后就会连无明习气都不会叫了。

其实，"凡心"与"佛心"并无差别，凡心是迷梦未醒心，佛心是长睡中悠悠醒来的心；凡心是未开的花苞，佛心是已开的花朵。未开者是花，已开者也是花，只不过已开的花有美丽的色彩、有动人的香气、能展现春天的消息罢了。

我们既没有慧根能彻底地觉醒，但我们也不是完全迷梦的钝根，我们一般人都是介于梦与醒的边缘，都是在半梦半醒之间，就在此时此地的生活里，我们不全是活在泥泞污秽的大地，在某些时刻，我们的心也会飞翔到有晴空丽日、有彩虹朝霞的境界，偶尔我们也会有草地一般柔美、月亮一样光华、星辰一样闪烁的时刻，有一种清明的态度来看待生命。

那种感觉，就像清晨被闹钟从睡梦中唤醒。

可惜复可叹的是，当闹钟响过之后，我们很快地会被红尘烟波所淹没，又沦入了梦中。

醒是好的，但醒不能离开梦而独存；觉是好的，但觉也不能离开迷惘而起悟。

生活中本就有梦与醒、迷与觉的两面，人在其中彷徨、挣扎、奋斗、追求，才使生命的意义、永恒的价值在历程中闪闪生辉，这是为什么达摩祖师写下如此动人的偈语：

亦不睹恶而生嫌，亦不观善而勤措；

亦不舍智而近愚，亦不抛迷而求悟。

人生的不完满并不可怕，人投生到有缺憾的婆娑世界也不可怕，怕的是永远迷途而不觉，永远沉梦而不惊，怕的是在心灵中没有一个闹钟，随时把我们从无明、习气、妄想、执着中叫醒。

我们从睡梦中醒来的时候，向人们宣说梦境，《般若经》说这是"梦中说梦"，因为人生就是一个大梦，睡眠中的梦固是虚假不实，人所走过的生命何处能寻找真切的足迹呢？《入楞伽经》中，佛说："诸凡夫痴心执着，堕于邪见，以不能知但是自心虚妄见故。是故我说一切诸法如梦如幻，无有实体。"一切诸法无有实体，如梦如幻，梦幻本空，悉无所有，凡夫执着于我，所以沉沦于生死大海中轮转不已，迷梦也就无法终止。

梦中还有梦在，这是生命的遗憾，而觉中还有觉在，则是生命的幸运。

觉，是菩提之意，是对烦恼的侵害可以察觉，对无明昏暗能明朗了知，心性远离妄想，而能照能用，做自己的主宰。

幻化如花，花果飘零之后，另外的花从哪里开呢？

梦境如流，河水流过之后，新的河水由何处流来呢？

《圆觉经》里说："一切众生种种幻化，皆生如来圆觉妙心，犹如空花，从空而有，幻花虽灭，空性不坏，众生幻心，还依幻灭，诸幻尽灭，觉心不动。"

　　在落花的根部、在流水的源头，有一个有生机的清明的地方，只要我们寻根溯源，就能在那里歇息了。

　　善男子！善女人！在半梦半醒之间，让我们听着心的闹钟吧！一跃而起，走向清净、庄严、究竟之路。

要爱一个人需要很长的时间，要恨一个人却只要一秒钟，所以把从爱到恨的过程叫"反目"，反目其实只是一眨眼的事。

爱人不易，但是使爱淡化所需要的时间很短；恨人容易，但要使恨褪色的时间却很长。

爱可以使人颓废而意志消沉，恨也可以。

爱可以激发人新的力量，发挥潜力，恨也可以。

爱能令人疯狂、失去意志，恨也能。

爱能令人脸红、手足无措，恨也能。

爱恨的面目虽然有所不同，本质却是一样的，一个爱情激烈的人通常仇恨也很激烈。

仇恨的仙人掌通常是开在爱的沙漠；博爱的莲花却是从仇恨的污

泥中穿越。

　　人不必一定断除爱恨，但人要努力地使爱澄澈如清晨的的水面，使恨明朗如午后的微风。

图书在版编目（CIP）数据

苍凉深处等春来 / 林清玄著. -- 北京 ： 北京联合
出版公司，2016.12（2018.10重印）
ISBN 978-7-5502-8978-9

Ⅰ．①苍… Ⅱ．①林… Ⅲ．①散文集－中国－当代
Ⅳ．①I267

中国版本图书馆CIP数据核字(2016)第264997号
本书由台北九歌出版社有限公司授权出版

苍凉深处等春来

作　　者：林清玄
出版统筹：新华先锋
责任编辑：刘京华　夏应鹏
特约监制：林　丽
策划编辑：刘　钏
封面设计：郑金将
版式设计：徐　倩

北京联合出版公司出版
（北京市西城区德外大街83号楼9层　100088）
三河市春园印刷有限公司印刷　新华书店经销
字数100千字　620毫米×889毫米　1/16　14印张
2016年12月第1版　2018年10月第4次印刷
ISBN 978-7-5502-8978-9
定价：39.50元